Jostein Gaarder est né en 1952 à Oslo. Après avoir enseigné la philosophie et l'histoire des idées à Bergen en Norvège, il se consacre aujourd'hui à sa carrière littéraire et a créé une fondation de défense de l'environnement. Il connaît, dans son pays, un succès unanime pour une œuvre d'une profonde originalité. C'est *Le Monde de Sophie* qui l'a définitivement consacré auprès de la critique et du grand public, en Norvège et à l'étranger (Allemagne, Suède, Italie, États-Unis, France, etc.).

DU MÊME AUTEUR

Le Monde de Sophie
Seuil, 1995
et « Points », n° P1000

Le Mystère de la patience
Seuil, 1996
et « Points », n° P634

Dans un miroir, obscur
Seuil, 1997
et « Points », n° P549

Le Petit Frère tombé du ciel
(illustrations de Gabriella Giandelli)
Seuil Jeunesse, 1997

Vita Brevis
Lettre de Floria Æmilia à Aurèle Augustin
Seuil, 1998
et « Points », n° P1055

Maya
Seuil, 2000
et « Points », n° P905

La Fille du directeur de cirque
Seuil, 2002
et « Points », n° P1390

Jostein Gaarder

LA BELLE AUX ORANGES

ROMAN

Traduit du norvégien
par Céline Romand-Monnier

Éditions du Seuil

Remerciements de la traductrice :
Tous mes remerciements vont à Jean-Baptiste Gouyon,
à mes parents et à Jostein Gaarder.

TEXTE INTÉGRAL

TITRE ORIGINAL
Appelsinpiken
ÉDITEUR ORIGINAL
H. Aschehoug & Co

ISBN 978-2-7578-1658-5
(ISBN 978-2-02-062342-1, 1re publication)

Mon père est mort il y a onze ans, je n'avais alors que quatre ans. Je ne pensais pas avoir de nouveau de ses nouvelles, mais aujourd'hui nous écrivons un livre ensemble.

Ces lignes sont les toutes premières, et c'est moi qui les écris, mais je vais bientôt laisser la parole à mon père. C'est lui qui a le plus de choses à raconter.

Je ne sais pas exactement à quel point je me souviens bien de lui. Si je crois me souvenir de lui, c'est sans doute uniquement à cause de toutes ces photos de lui que j'ai tant regardées.

La seule chose dont je sois intimement convaincu de me souvenir s'est produite une nuit où nous étions ensemble sur la terrasse à regarder les étoiles.

Sur l'une des photos, mon père et moi sommes sur le canapé en cuir jaune du salon. Il a l'air de me dire quelque chose d'agréable. Le canapé, nous l'avons toujours, mais mon père n'est plus assis dedans.

Sur une autre, nous sommes installés sur le fauteuil à bascule vert de la véranda. Cette photo y est accrochée depuis la mort de mon père. Je me trouve dans ce fauteuil en ce moment même. J'essaie de ne pas me balancer parce que je suis en train d'écrire dans un grand cahier de brouillon. Ensuite je taperai tout cela sur le vieux PC de mon père.

J'ai quelque chose à raconter au sujet de cet ordinateur aussi, mais j'y reviendrai plus tard.

Avoir tous ces vieux clichés m'a toujours fait un drôle d'effet. Ils appartiennent à un autre temps.

Dans ma chambre j'ai un album entier de photos de mon père. C'est presque désagréable d'avoir autant d'images d'un homme qui n'est plus en vie. Nous avons aussi des vidéos de lui. Je trouve un peu angoissant de l'entendre. Mon père avait une vraie voix de stentor.

Peut-être devrait-il être interdit de regarder des vidéos de quelqu'un qui n'existe plus, ou qui n'est plus parmi nous, comme dirait ma grand-mère paternelle. Espionner les morts ne semble pas correct.

Sur certaines des vidéos, on entend aussi ma voix. Un piaillement fluet qui rappelle celui d'un oisillon.

Il en allait ainsi alors : mon père était basse, j'étais soprano.

Sur l'une de ces vidéos je suis sur ses épaules et j'essaie d'attraper l'étoile sur le sapin de Noël. Je n'ai guère plus d'un an, mais c'est tout juste si je ne parviens pas à la chiper.

Quand maman regarde des vidéos de mon père et moi, elle s'adosse parfois à son siège et se met à rigoler, même si c'est elle qui, en son temps, tenait la caméra et filmait. Je trouve qu'elle ne devrait pas rire quand elle regarde des vidéos de mon père. Je crois qu'il n'aurait pas apprécié cette idée. Il aurait peut-être dit que c'était enfreindre les règles.

Sur une autre bande, mon père et moi sommes installés au soleil de Pâques, devant le chalet de Fjellstølen, chacun avec sa moitié d'orange. Je m'efforce d'aspirer le jus de ma moitié sans l'éplucher. Mon père est sans doute en train de penser à de tout autres oranges, j'en suis quasiment sûr.

C'est juste après Pâques qu'il est tombé malade. Il a été malade pendant plus de six mois et il avait peur de mourir. Je crois qu'il savait qu'il allait mourir.

Maman m'a souvent dit que mon père était d'autant plus triste qu'il mourrait sans doute avant d'avoir eu le temps de réellement faire connaissance avec moi. Grand-mère m'a dit quelque chose de similaire, mais en des termes plus mystérieux.

Grand-mère a toujours une voix bizarre quand elle me parle de mon père. Enfin, ce n'est peut-être pas très étonnant, car grand-mère et grand-père ont perdu un fils adulte. Quel sentiment c'est, je l'ignore. Par bonheur, ils ont aussi un fils qui est en vie. Mais grand-mère ne rit jamais quand elle regarde les vieilles photos de mon père. Elle les regarde avec recueillement. Ce sont ses propres mots.

Mon père avait en quelque sorte décidé qu'il n'était pas possible d'avoir une véritable conversation avec un garçon de trois ans et demi. Aujourd'hui je comprends ce qu'il voulait dire, et toi qui lis ce livre tu vas bientôt le comprendre aussi.

J'ai une photo de mon père couché sur son lit d'hôpital. Il a le visage très émacié. Je suis assis sur ses genoux et il me retient par les mains pour que je ne lui tombe pas dessus. Il essaie de me sourire. C'était quelques semaines à peine avant sa mort. J'aurais voulu ne pas avoir cette photo, mais puisque je l'ai je ne peux pas non plus la jeter. Je ne peux pas même m'empêcher de la regarder.

Aujourd'hui j'ai quinze ans, quinze ans et trois semaines pour être précis. Je m'appelle Georg Røed et j'habite Humleveien[1] *à Oslo, avec maman, Jørgen et Miriam. Jørgen est mon nouveau papa, mais je l'appelle juste Jørgen. Miriam est ma petite sœur. Elle n'a qu'un an et demi et est en tout cas bien trop petite pour qu'il soit possible d'avoir de véritables conversations avec elle.*

Il n'existe bien évidemment ni vieilles photos ni vidéos de Miriam avec mon père. C'est Jørgen le père de Miriam. J'étais le seul enfant de papa.

Jusqu'à la fin de ce livre, Jørgen fera l'objet de révélations piquantes. Elles ne peuvent être dévoilées maintenant, mais qui lira verra.

Après la mort de mon père, grand-mère et grand-père sont venus chez nous aider maman à classer toutes ses affaires. Mais il est une chose importante que nul n'allait trouver. Un long récit que mon père avait écrit avant d'être hospitalisé.

1. Traduction littérale : Le chemin des Bourdons (NdT).

À l'époque, nul ne savait que mon père en avait écrit un. L'histoire de « La Belle aux oranges » n'a fait surface que lundi dernier. Grand-mère est alors allée dans la cabane à outils où elle a trouvé un texte entier, enfoncé dans la doublure de la poussette rouge de mon enfance.

Pourquoi il a atterri là reste un petit mystère. Ce ne peut être entièrement le fruit du hasard, parce que le récit que mon père a écrit lorsque j'avais trois ans et demi a un rapport avec cette poussette. Je ne dis pas que l'histoire en soi est typiquement une histoire de poussette, ce n'est pas le cas, mais mon père a écrit « La Belle aux oranges » pour moi. Il a écrit tout ce long récit pour que je le lise le jour où je serais suffisamment grand pour le comprendre. Il a écrit une lettre à l'avenir.

Si c'est vraiment mon père qui a glissé toutes les pages de ce long récit dans la doublure de la vieille poussette, il devait avoir grande foi dans le fait que le courrier arrive toujours à destination. Je me dis qu'il est sans doute plus prudent d'examiner très attentivement toutes les vieilleries avant de les donner à un marché aux puces ou de les jeter dans une benne. J'ose à peine imaginer ce qu'on peut trouver comme vieilles lettres et autres en fouillant dans une décharge.

J'y ai pas mal pensé ces derniers temps : je trouve qu'il devrait exister un moyen beaucoup plus simple d'envoyer des lettres à l'avenir que de les glisser dans la doublure d'une poussette.

Parfois, en de rares occasions, nous souhaitons que quelqu'un ne lise ce que nous lui avons écrit que dans quatre heures, quinze jours ou quarante ans. C'était le cas avec « La Belle aux oranges ». Il était adressé à un Georg de douze ou quatorze ans, c'est-à-dire à un Georg que mon père n'avait pas encore rencontré, et qu'il ne verrait peut-être jamais.

Mais il est temps maintenant que cette histoire débute réellement.

Il y a une semaine à peine, lorsque je suis rentré du conservatoire, grand-mère et grand-père étaient à la maison en visite impromptue. Ils avaient soudainement pris leur voiture depuis Tønsberg et allaient rester jusqu'au lendemain matin.

Maman et Jørgen étaient là aussi, tous semblaient déborder d'attente lorsque je suis entré dans l'antichambre et ai entrepris de balancer mes chaussures. Elles étaient à la fois sales et mouillées, mais nul ne paraissait s'en soucier. Je sentais qu'il y avait quelque chose dans l'air. C'est à tout autre chose qu'ils pensaient.

Maman m'a informé que Miriam était au lit, ce qui semblait tomber très bien, puisque grand-mère et grand-père étaient là. Après tout ils ne sont pas les grands-parents de Miriam. Miriam a ses propres grands-parents paternels. Ils sont au demeurant sympathiques eux aussi, et à eux aussi il arrive de passer à l'improviste, mais on dit que les liens du sang sont plus forts.

Je suis entré dans le salon, me suis assis sur le tapis et tous ont pris un air si sérieux que j'ai cru à un événement grave. Je ne me souvenais pas d'avoir fait de bêtise à l'école ces derniers jours. J'étais rentré de mon cours de piano à l'heure habituelle et la dernière fois que j'avais chipé une pièce de dix couronnes sur le plan de travail de la cuisine remontait à bien des mois. C'est pourquoi j'ai lancé : « Il s'est passé quelque chose ? »

Grand-mère s'est mise à expliquer qu'elle avait trouvé une lettre que mon père m'avait écrite juste avant sa mort. J'ai eu un coup au cœur. Cela faisait onze ans qu'il était mort. Je n'étais même pas sûr d'être capable de me souvenir de lui. Une lettre de mon père semblait donc terriblement solennelle, presque comme un testament.

J'ai remarqué que grand-mère avait une grande enveloppe sur les genoux, elle me l'a tendue. La seule adresse était « Pour Georg ». Ce n'était pas l'écriture de grand-mère, pas celle de maman non plus, ni celle de Jørgen. J'ai déchiré l'enveloppe et j'en ai extrait une grosse pile de feuilles. J'ai alors franchement sursauté, puisque au sommet de la première page était inscrit :

Es-tu bien assis, Georg ? Il est un peu important que tu aies au moins une assise stable, parce que je vais maintenant te raconter une histoire haletante…

J'étais en proie au vertige. Qu'est-ce que c'était que ça ? Une lettre de mon père. Mais était-elle authentique ?

« Es-tu bien assis, Georg ? » *Il me semblait entendre sa voix de stentor, plus seulement en* vidéo à présent, j'entendais la voix de mon père soudainement revenu à la vie, assis dans la pièce, parmi nous.

Même si le pli était cacheté lorsque je l'ai ouvert, je me devais de demander aux adultes s'ils avaient déjà lu cette longue missive, mais tous ont secoué la tête et affirmé qu'ils n'en avaient pas lu ne serait-ce qu'une phrase.

« Pas un iota », a souligné Jørgen, avec un peu d'embarras dans la voix, ce qui n'était pas précisément caractéristique du bonhomme. Il a suggéré qu'ils pourraient peut-être la lire après moi. Je crois qu'il était fort curieux de son contenu. J'ai eu le sentiment que quelque chose lui donnait mauvaise conscience.

Grand-mère a raconté pourquoi ils avaient pris leur voiture et avaient fait le trajet jusqu'à Oslo cet après-midi-là. C'était parce qu'elle pensait avoir peut-être réussi à résoudre une vieille énigme. Cela semblait relativement mystérieux et ça l'était assurément.

Pendant sa maladie, mon père avait raconté à maman qu'il était en train de m'écrire. Une lettre que je lirais quand je serais grand. Mais rien de tel n'avait jamais fait surface, et j'avais maintenant quinze ans.

La nouveauté était que grand-mère s'était subitement souvenue d'une chose tout autre, dont mon père avait parlé aussi. Il avait exigé que nul ne jette la poussette rouge. Grand-mère disait se souvenir presque mot pour mot de ses paroles, il était alors à l'hôpital. « Vous ne vous débarrasserez jamais de *la poussette rouge, n'est-ce pas ? Soyez gentils de ne pas le faire. Elle a signifié beaucoup pour Georg et moi ces derniers mois. Je veux que Georg ait cette poussette. Dites-le-lui un jour. Quand il sera suffisamment grand pour le comprendre, dites-lui à quel point je tenais à la garder pour lui. »*

C'est pourquoi cette vieille poussette n'avait jamais été jetée ou vendue aux puces. La consigne en avait même été donnée à Jørgen. Depuis le jour où il avait emménagé Humleveien, il savait qu'il était une chose à laquelle il ne pouvait toucher : la poussette rouge. Il la respectait tant qu'il avait insisté pour en acheter une nouvelle pour Miriam. Peut-être refusait-il l'idée de pousser sa propre fille dans la poussette que mon père avait utilisée lors de nos promenades. Mais il est aussi concevable qu'il ait juste voulu avoir une poussette neuve et plus moderne. Il est plutôt du genre à suivre la mode de près, pour ne pas dire qu'il est coquet.

Une lettre et une poussette, donc. Mais grand-mère avait mis onze ans à déchiffrer ce rébus. Il lui avait fallu tout ce temps pour comprendre que quelqu'un devrait peut-être se risquer dans la cabane à outils pour examiner la vieille poussette de plus près. Et grand-mère avait eu parfaitement raison de le supposer. Cette poussette n'était pas seulement poussette. Elle était aussi boîte aux lettres.

Je ne savais pas vraiment si je pouvais croire à cette histoire. Il n'est jamais possible de déterminer si les parents et les grands-parents disent la vérité, en tout cas pas quand il est question de « sujets sensibles », comme grand-mère se plaît à les appeler.

Aujourd'hui la plus grande des énigmes est, à mon sens, que nul n'ait été capable de faire fonctionner le vieil ordinateur de mon père à cette époque, onze ans auparavant. C'était pourtant là-dessus qu'il avait rédigé sa lettre ! Ils avaient essayé de le mettre en route, naturellement, mais nul n'avait eu assez d'imagination pour deviner son code d'accès. Celui-ci comptait un maximum de huit lettres, ainsi étaient les ordinateurs en ce temps-là. Mais même maman n'avait jamais réussi à deviner le code. C'est totalement incroyable. Et ensuite, ils s'étaient contentés de monter la bécane au grenier !

Mais cette histoire de PC, j'y reviendrai plus tard.

Il est temps que je cède la parole à mon père. J'y mêlerai toutefois quelques commentaires en cours de route. Et j'écrirai en outre une postface. J'y suis obligé, parce que, dans cette longue lettre, mon père me pose une question grave. Ma réponse compte beaucoup pour lui.

On m'a donné une bouteille de Coca et je suis allé dans ma chambre avec le tas de feuilles. Comme, pour une fois, j'avais fermé la porte à clef, maman a protesté, mais elle a compris que c'était peine perdue.

Lire une lettre de quelqu'un qui n'était plus en vie était si solennel que je ne souffrais pas l'idée de voir toute ma famille tourbillonner autour de moi. Cette lettre était tout de même de mon propre père, disparu depuis maintenant onze ans. Alors j'avais besoin de calme.

C'était étrange de me trouver ainsi avec toutes ces feuilles imprimées entre les mains, c'était à peu près comme de découvrir un album avec des photos flambant neuves de mon père et moi. Dehors, la neige tombait dru. Il s'était mis à neiger alors que je rentrais du conservatoire. Je ne pensais pas qu'elle tiendrait. C'était le début du mois de novembre.

Je me suis assis sur mon lit et j'ai entamé ma lecture.

Es-tu bien assis, Georg ? Il est un peu important que tu aies au moins une assise stable, parce que je vais maintenant te raconter une histoire haletante… Mais peut-être que tu es déjà confortablement installé dans le canapé en cuir jaune. À moins que vous n'en ayez un nouveau, qu'en sais-je ? En fait, je peux aussi bien me figurer que tu es dans le vieux fauteuil à bascule du jardin d'hiver, tu l'as toujours tant aimé. Ou es-tu dehors, sur la terrasse ? J'ignore quelle saison c'est. Enfin, peut-être n'habitez-vous plus Humleveien.

Que sais-je ?

Je ne sais rien. Qui est le Premier ministre norvégien ? Quel est le nom du secrétaire général des Nations unies ? Et, au fait, comment se porte le télescope Hubble ? Le sais-tu ? Les astronomes en savent-ils plus sur la manière dont est assemblé l'Univers ?

J'ai plusieurs fois essayé de me projeter quelques années en avant, dans l'avenir, mais je n'ai jamais été près de me faire une bonne image de toi, tel que tu es aujourd'hui. Je sais seulement qui tu étais. Je ne sais même pas quel âge tu as à l'heure où tu lis ces lignes. Tu as peut-être douze ou quatorze ans, et moi, ton père, je suis passé de vie à trépas depuis bien longtemps.

La vérité est que je me sens d'ores et déjà comme un fantôme et que je me mets à haleter dès que j'y songe. Je commence à comprendre pourquoi les fantômes grondent et sifflent souvent comme des orages. Ce n'est pas pour effrayer leurs descendants. C'est juste parce qu'il leur est si terriblement douloureux de respirer dans un temps autre que celui qui fut le leur.

Nous ne disposons pas seulement d'une place dans l'existence. Nous avons aussi un temps limité.

C'est comme ça, et je ne peux pas prendre d'autre point de départ que ce qui m'environne aujourd'hui. J'écris en août 1990.

Aujourd'hui – alors que tu lis ces lignes –, tu as certainement oublié la plupart de ce que nous avons vécu ensemble en ces chaudes journées de l'été de tes trois ans et demi. Mais pour l'heure ces jours nous appartiennent encore et il nous reste de nombreux bons moments à partager.

Je vais te confier une chose à laquelle je pense beaucoup en ce moment : avec chaque jour qui passe, avec chaque nouvelle petite activité que nous faisons ensemble, les chances que tu te souviennes de moi se multiplient. Je compte les semaines et les jours à présent. Mardi dernier, nous sommes allés à la tour de Tryvann, nous avons observé la moitié du royaume, jusqu'à la Suède. Maman aussi, nous étions tous les trois. Mais t'en souviens-tu ?

Ne peux-tu pas au moins essayer de t'en souvenir, Georg ? Fais-le, essaie juste, parce que tu as tout quelque part en toi.

Te souviens-tu du grand train Brio ? Tu joues avec tous les jours, pendant de nombreuses heures. Je le regarde en ce moment même. À l'instant où j'écris, rails, train, ferries sont éparpillés dans toute l'antichambre, exactement comme tu les as laissés il y a peu. J'ai fini par devoir t'arracher à tout cela, afin que nous arrivions au jardin d'enfants à temps pour l'appel. Tes petites mains semblent néanmoins être encore en train de manipuler les briques. Je n'ai pas osé déplacer ne serait-ce qu'un seul rail.

Te souviens-tu de l'ordinateur sur lequel nous jouions, le week-end, toi et moi ? Lorsque nous venions de l'avoir, il était installé en haut, dans mon bureau, mais la semaine dernière je l'ai descendu dans l'antichambre. Maintenant, je souhaite par-dessus tout être là où sont tes affaires. Et l'après-midi vous êtes ici, maman et toi. Et puis grand-mère et grand-père viennent nous voir plus souvent qu'avant. C'est bien.

Te souviens-tu du tricycle vert ? Il est dans l'allée de gravier et est presque flambant neuf. Si tu ne l'as pas oublié, c'est peut-être uniquement parce qu'il se trouve encore dans le garage ou dans la cabane à outils, vieux et à bout de souffle, j'imagine. Ou a-t-il fini au marché aux puces ?

Et qu'est devenue la poussette rouge, Georg ? Oui, qu'est-elle devenue, celle-là ?

Tu dois au moins avoir quelques souvenirs de toutes les promenades que nous avons faites autour du lac de Sognsvann ? Ou de nos séjours au chalet ? Nous avons passé trois week-ends d'affilée à Fjellstølen. Mais je n'ose pas te poser plus de questions, vraiment pas, parce que tu es peut-être dans l'incapacité totale de te souvenir de quoi que ce soit de ce temps de Georg qui fut aussi le mien. Laissons les choses ainsi.

Je t'ai dit que j'allais te raconter une histoire, mais trouver un ton convenable à cette lettre ne se fait pas en deux coups de cuiller à pot. J'ai probablement déjà commis l'impair de m'adresser au petit bout que j'ai le sentiment de connaître si bien. Et pourtant tu n'es plus petit à l'heure où tu lis ces lignes. Tu n'es plus ce petit bonhomme aux boucles blondes.

Je m'entends babiller à peu près comme ces vieilles dames qui bêtifient avec les petits enfants, et c'est idiot, parce que c'est le Georg adulte que je cherche à atteindre – celui que je n'ai pas eu le temps de voir, celui avec lequel je n'ai jamais vraiment pu parler.

Je regarde ma montre. Cela fait juste une heure que je suis rentré après t'avoir accompagné au jardin d'enfants.

Quand nous passons au-dessus du ruisseau, tu veux toujours sortir de la poussette pour jeter un bâton ou une pierre dans l'eau. Un jour tu as trouvé une bouteille de soda vide et tu l'as lancée. Je n'ai pas même essayé de t'en empêcher. Tu as un peu plus le droit d'agir selon ton bon vouloir en ce moment. Et quand nous arrivons au jardin d'enfants, tu te précipites souvent vers ta section avant que nous n'ayons eu le temps de nous dire au revoir. C'est comme si c'était toi qui étais le plus pressé, et pas moi. Cela me fait un drôle d'effet d'y songer. Les personnes âgées ont souvent l'air de disposer de plus de temps que les petits enfants qui ont toute la vie devant eux.

Moi-même, je ne suis pas si vieux qu'il y ait de quoi en faire une histoire, je me considère encore comme un jeune homme, je suis en tout cas un jeune papa. Et pourtant, par-dessus tout, j'aurais voulu pouvoir arrêter le temps. Je n'aurais pas été fâché qu'une de ces journées dure toute l'éternité. La nuit et le jour seraient bien sûr venus, car les journées ont leur propre rythme, leur cadence de roulement, mais le lendemain aurait repris précisément là où la veille s'était arrêtée.

Je n'éprouve plus le besoin d'en voir, d'en vivre davantage. Je voudrais juste, de tout mon cœur, conserver ce que j'ai. Mais des voleurs rôdent,

Georg. Des pique-assiettes ont commencé à pomper ma force vitale. Ils devraient avoir honte.

Ces jours-ci, t'accompagner au jardin d'enfants me procure un sentiment à la fois éminemment agréable et particulièrement pesant. Car si je n'éprouve pas encore de difficultés à me déplacer, pas même à te pousser dans ta poussette, je sais que mon corps est très malade.

Ce sont les gentilles maladies qui clouent immédiatement le patient au lit. La vilaine maladie, elle, a en règle générale besoin de beaucoup de temps pour finalement te culbuter et te terrasser pour de bon. Tu ne te souviens peut-être pas que j'étais médecin, enfin maman a tout de même bien dû te raconter une chose ou deux à mon sujet, je suis sûr qu'elle l'a fait. Je suis certes en congé du centre médical en ce moment, mais je sais de quoi je parle. Je ne suis pas un patient facile à berner.

Notre comptabilité, ou cette toute dernière rencontre entre nous deux, s'articule donc en deux temps. Nous pourrions peut-être dire que nous nous tenons chacun sur un sommet de montagne brumeux et que nous essayons de nous voir. Entre nous se trouve une vallée promise que tu viens de dépasser sur le chemin de ta vie, mais où je n'aurai jamais l'occasion de te voir. Je dois cependant essayer de prendre en compte à la fois l'instant d'écriture, pendant ces matinées où tu es au jardin d'enfants, et l'instant de lecture, n'appartenant qu'à toi seul, le jour où tu liras ces lignes.

Sache qu'écrire une lettre à un fils abandonné me brûle à vif, j'imagine que c'est un peu douloureux de la lire aussi. Mais tu es un petit homme maintenant. Si j'ai réussi à coucher ces lignes sur le papier, tu supporteras bien de les lire.

Comme tu le vois, j'ai compris que j'étais sans doute sur le point de tout quitter, le Soleil et la Lune et tout ce qui existe, et bien sûr surtout toi et maman. C'est la vérité et elle fait mal.

Il faut que je te pose une question grave, Georg, c'est pour cette raison que je t'écris. Mais avant de pouvoir te la poser, il faut d'abord que je te fasse le récit de cette histoire haletante que je t'ai promise.

Depuis ta naissance, je me réjouis de te parler un jour de la Belle aux oranges. Aujourd'hui – c'est-à-dire à l'instant où j'écris –, tu es bien trop petit pour comprendre cette histoire. Elle sera donc un petit héritage que je te laisse. Elle restera quelque part à attendre un autre jour de ta vie.

Et maintenant ce jour est venu.

À ce point de ma lecture, j'ai dû lever le nez. J'avais souvent essayé de me souvenir de mon père, et maintenant j'essayais de nouveau. Il me l'avait demandé. Mais tout ce dont je me souvenais me semblait venir des vidéos et de l'album de photos.

Je me rappelais avoir eu un grand train Brio lorsque j'étais petit, mais ça ne m'aidait pas à me souvenir de mon père. Le tricycle vert était toujours dans le garage, je devais donc bien en avoir des souvenirs d'enfance, j'en étais quasiment certain. Et la poussette rouge s'était toujours trouvée au fond de la cabane à outils. Mais je ne parvenais pas à me remémorer nos promenades autour de Sognsvann. J'étais tout aussi incapable de me rappeler avoir été à la tour de Tryvann avec mon père. J'y étais souvent allé, mais avec maman et Jørgen. Un jour, seul avec Jørgen. C'était lorsque maman était à l'hôpital après la naissance de Miriam.

J'avais évidemment plein de souvenirs du chalet de Fjellstølen. Mais il n'y avait de place pour mon père dans aucun d'eux. Ne s'y trouvaient que maman, Jørgen et le bébé Miriam. Nous avons un vieux livre de bord là-haut et j'ai lu de nombreuses fois ce que mon père y avait écrit avant de mourir. Le seul problème est que j'ignore si je me souviens des événements qu'il y a consignés. C'est à peu près comme avec les photographies et les vidéos. « La veille de Pâques, Georg et moi avons construit une cabane de neige d'une taille record, avec des lanternes de neige... » J'avais évidemment lu toutes ces histoires, j'en connaissais certaines par cœur. Mais je n'avais jamais réussi à me souvenir d'avoir été acteur de ce qu'elles évoquaient. Je n'avais guère plus de deux ans et demi lorsque mon père et moi avions construit cette cabane de taille record et toutes ces lanternes de neige. Nous en avons aussi une photo, mais il fait si sombre que seules les lanternes sont visibles.

Et puis mon père m'avait aussi posé une question à un tout autre propos dans cette longue lettre dont je venais d'entamer la lecture :

Et, au fait, comment se porte le télescope Hubble ? Le sais-tu ? Les astronomes en savent-ils plus sur la manière dont est assemblé l'Univers ?

J'ai eu des frissons dans le dos en lisant ces lignes, parce que je venais de finir un immense exposé écrit sur le télescope orbital, ou Hubble Space Telescope, comme il s'appelle en anglais. D'autres élèves s'étaient répandus sur le football anglais, les Spice Girls ou Roald Dahl. Pour ma part, j'étais allé à la bibliothèque chercher tout ce que je pouvais trouver sur le télescope Hubble, auquel j'avais consacré tout mon exposé. Cela ne faisait que quelques semaines que j'avais rendu ce dossier et, sur la page de garde, le professeur avait écrit qu'il était fort impressionné par « une approche aussi adulte, réfléchie et érudite ». Je n'ai sans doute jamais été aussi fier que lorsque j'ai lu cette phrase. Le titre du commentaire du professeur était « Des fleurs pour un astronome amateur ! ». Il avait en outre dessiné un joli bouquet.

Mon père possédait-il un don divinatoire ? Ou était-ce pure coïncidence qu'il me demande comment se portait le télescope Hubble quelques semaines seulement après que j'avais terminé mon exposé ?

Ou peut-être cette lettre de mon père n'était-elle pas authentique ? Peut-être était-il encore en vie ? Mes frissons dans le dos ont repris.

Je suis resté assis sur mon lit à bien réfléchir. Hubble avait été placé en orbite autour de la Terre par la navette spatiale Discovery *le 25 avril 1990.*

C'était exactement à cette époque que mon père était tombé malade, puisque c'était juste après les vacances de Pâques en 1990. Je l'avais toujours su. C'est juste que je n'avais pas fait le lien avec la mise en orbite de Hubble. Mais mon père avait peut-être appris sa maladie le jour où Discovery *avait été lancée de cap Canaveral, le télescope Hubble à son bord, peut-être à la même heure, à la même minute.*

Je comprenais alors aisément sa curiosité au sujet de l'état du télescope. On avait rapidement découvert que le miroir principal souffrait d'un défaut de profilage. Mon père ne pouvait pas savoir que les astronautes de la navette Endeavour *le répareraient en décembre 1993, parce que c'était assez exactement trois ans après sa mort. Naturellement, il ne savait rien non plus de tout ce bel équipement supplémentaire qui avait été monté en février 1997.*

Mon père est mort avant d'avoir pu voir que Hubble était l'auteur des photos de l'Univers les plus nettes, les meilleures jamais prises. J'en ai trouvé beaucoup sur le Web et en ai inclus tout un tas de tirages dans mon dossier. J'ai en outre accroché certaines de mes préférées dans ma chambre, par exemple l'image extrêmement nette de l'étoile supergéante Eta Carinae, à plus de huit mille années-lumière de notre système solaire. Eta Carinae est l'une des étoiles les plus massives de la Voie lactée et elle va bientôt exploser en supernova avant de se réduire en étoile à neutrons ou en trou noir. Une autre de mes images préférées est celle des énormes piliers de gaz et de poussière de la constellation de l'Aigle (appelée également M16). C'est là que naissent les nouvelles étoiles !

Nous en savons beaucoup plus long sur l'Univers aujourd'hui qu'en 1990, notamment grâce au télescope Hubble. Il a pris des milliers de photographies de galaxies et de nébuleuses à des millions d'années-lumière de la Voie lactée. Il a en outre pris des photos totalement incroyables du passé de l'Univers. Qu'il soit possible de photographier le passé de l'Univers semble sans doute un peu mystérieux, mais regarder l'Univers, c'est comme regarder en arrière dans le temps. La lumière se déplace en effet à une vitesse de 300 000 kilomètres/seconde et cependant la lumière de galaxies lointaines peut mettre des milliards d'années pour parvenir jusqu'à nous, parce que l'Univers est incroyablement grand. Hubble a photographié des galaxies à plus de douze milliards d'années-lumière, ce qui signifie aussi qu'il a regardé plus de douze milliards d'années en arrière dans l'histoire de l'Univers. C'est assez dingue, quand on y songe, parce qu'à l'époque l'Univers était âgé de moins d'un milliard d'années. Le télescope Hubble a réussi à regarder presque jusqu'au big bang, lorsque temps et espace furent créés. Il faut que je veille à ne pas raconter tout ce que je sais. Le cahier que j'ai rendu au prof comptait plus de quarante-sept pages !

Je trouve vraiment angoissant que mon père m'ait parlé de ce télescope orbital. Je me suis toujours intéressé à la recherche spatiale et la capacité à lever les yeux au-dessus de ce qui se passe à la surface de cette planète est plus ou moins héréditaire. Mais j'aurais aussi bien pu choisir de consacrer mon exposé au programme Apollo et aux premiers hommes sur la Lune. J'aurais pu parler des galaxies et des trous noirs, parce que j'en sais pas mal sur les galaxies et les trous noirs aussi, sans parler des galaxies avec *des trous noirs. J'aurais pu parler du système solaire, de ses neuf planètes et de la grande ceinture d'astéroïdes entre Jupiter et Mars. Ou j'aurais pu parler des grands télescopes de Hawaï. Mais j'ai donc choisi de parler du télescope Hubble. Comment mon père aurait-il pu le deviner ?*

Il est plus aisé de comprendre pourquoi il avait mentionné le secrétaire général de l'ONU. C'était sûrement juste parce que je suis né le 24 octobre, journée des Nations unies. Le secrétaire général s'appelle en tout cas Kofi Annan. Et le Premier ministre norvégien Kjell Magne Bondevik. Il vient de succéder à Jens Stoltenberg.

Pendant que je réfléchissais, maman est venue frapper à la porte et me demander comment j'allais. « Ne me dérange pas », me suis-je contenté de répondre. Je n'avais pas lu plus de quatre pages.

J'ai songé : allez raconte, toi, mon père. Raconte la Belle aux oranges. Je suis assis ici, moi. Parce que maintenant le jour est venu. Maintenant c'est l'instant de la lecture.

L'histoire de la Belle aux oranges commence un après-midi où je me tenais devant le Théâtre national à attendre le tram. C'était à la fin des années soixante-dix, l'automne était bien avancé.

Je me souviens que je réfléchissais aux études de médecine que je venais d'entamer. C'était curieux d'essayer de m'imaginer un jour en médecin diplômé, recevant de vrais patients venus me voir et placer leur destin entre mes mains. Je serais assis en blouse blanche à un grand bureau et je dirais : « On va faire quelques prélèvements de sang, alors, madame Johnsen. » Ou : « Et ça fait longtemps que ça dure ? »

Finalement le tram approcha, je le vis au loin, il glissa d'abord devant le Storting, puis descendit lentement Stortingsgate[1]. J'ai toujours été un peu ennuyé depuis d'être incapable de me souvenir de l'endroit où j'allais. Toujours est-il que c'était un tram de Frogner, bondé, d'un bleu brillant, à bord duquel je montai bientôt.

Mon regard s'arrêta tout de suite sur une fille rigolote qui se tenait dans l'allée centrale avec un grand sac en papier débordant d'oranges pulpeuses. Elle portait un vieil anorak de montagne orange et je me souviens d'avoir pensé que le sac qu'elle serrait contre elle était si grand et si lourd qu'elle risquait à tout instant de le renverser. Mais ce n'est pas au sac d'oranges que je prêtai attention, c'était à la jeune demoiselle elle-même. Je compris immédiatement qu'elle avait quelque chose de particulier, d'une magie insondable, d'envoûtant.

1. Rue du Storting (le parlement norvégien) (NdT).

Je remarquai en outre comment elle m'observait, m'ayant quasiment sélectionné parmi toutes les personnes qui se déversaient dans le tram, en une seule seconde, et presque comme si nous étions déjà unis par une sorte d'alliance secrète.

Dès mon entrée, elle m'avait saisi d'un regard ferme, et j'avais peut-être été le premier à détourner les yeux, c'est possible, parce qu'à cette époque j'étais exceptionnellement timide. Pourtant, je m'en souviens, l'espace de ce court trajet en tram je pensai tout à fait clairement que je n'oublierais jamais cette fille. J'ignorais qui elle était, comment elle s'appelait, mais dès le premier instant elle eut sur moi un ascendant presque désagréable.

Elle mesurait une demi-tête de moins que moi, avait de longs cheveux sombres, des yeux marron et devait probablement être âgée d'environ dix-neuf ans, comme moi. Au moment où elle levait les yeux et me saluait en quelque sorte sans un mouvement de tête, elle m'adressa un sourire à la fois taquin et canaille, presque comme si nous nous étions déjà rencontrés, ou – je n'hésite pas à le dire – comme si, il y a bien, bien longtemps, nous avions vécu ensemble une vie entière, juste elle et moi. C'était comme si je lisais un message de ce type dans son regard sombre.

Son sourire avait dessiné sur ses joues deux fossettes, et ce n'était pas à cause d'elles, mais elle me faisait penser à un écureuil ; elle était en tout cas aussi mignonne. Si nous avions réellement passé une vie ensemble, peut-être avait-ce été comme deux écureuils dans un arbre, pensai-je, et cette perspective d'une joyeuse vie d'écureuil avec la mystérieuse Belle aux oranges, donc, ne m'était pas désagréable.

Mais pourquoi son sourire était-il aussi espiègle, aussi plein de défi ? S'adressait-il vraiment à moi ? Ou était-ce juste une pensée amusante dont elle souriait, quelque idée qui lui traversait subitement l'esprit et n'avait rien à voir avec moi ? Ou souriait-elle de moi ? C'était là aussi une possibilité qu'il me fallait envisager. Je n'étais pourtant pas si drôle que cela à regarder, je pensais avoir l'air tout ce qu'il y a de plus ordinaire, et c'était elle, pas moi, qui indéniablement se distinguait d'une manière un peu comique avec cet énorme sac d'oranges collé contre son ventre. C'était peut-être pour cela qu'elle souriait, à cause d'elle-même. Peut-être était-elle pleine d'autodérision. Tout le monde n'a pas cette qualité.

Je n'osais pas la regarder de nouveau dans les yeux. Je me contentais de fixer son grand sac d'oranges. Elle va bientôt le lâcher, pensai-je. Il ne faut pas qu'elle le lâche. Mais là, elle va le lâcher.

Ce sac devait contenir au bas mot cinq kilos de fruits, peut-être huit ou dix.

Le tram remonte Drammensveien[1]. Il faut que tu essaies de te le représenter. Il tressaille, peine, s'arrête devant l'ambassade des États-Unis, fait un arrêt sur Solli plass, et maintenant, alors qu'il est sur le point de négocier son virage vers

1. La route de Drammen (NdT).

Frognerveien[1], se produit ce que je redoutais depuis le début.

Soudain le tram de Frogner est parcouru d'une dangereuse secousse, c'est en tout cas la sensation que j'ai, la Belle aux oranges vacille un peu, et je comprends en une unique fraction de seconde que je dois sauver l'énorme sac d'oranges du naufrage. Maintenant… non, maintenant !

C'est là que je commets une fatale erreur d'appréciation. J'entreprends en tout cas une manœuvre lourde de conséquences. Écoute plutôt : je tends mes bras d'un geste déterminé et bientôt j'en ai un sous le sac en papier kraft, tandis que l'autre enlace fermement la taille de la jeune demoiselle. Que crois-tu qu'il se passe ensuite ? La fille à l'anorak orange perd bien sûr son sac, ou plutôt c'est moi qui le presse hors de sa solide étreinte, presque comme si j'en avais été jaloux et avais voulu le dégager de ma route, avec pour malheureux résultat que trente ou quarante oranges se répandent bientôt sur les genoux des passagers, par terre, oui, dans le tram entier. J'avais certes été l'auteur de nombreuses sottises dans ma vie, mais celle-là surpassait toutes les autres. C'était l'instant le plus embarrassant que j'aie jamais connu.

Assez sur les oranges pour le moment, contente-toi donc de les laisser rouler dans le tram quelques secondes de plus, ce n'est pas d'elles qu'il s'agit avant tout dans cette histoire de tramway. Bientôt la fille se tourne vers moi et à présent elle ne sourit

1. La route de Frogner (NdT).

plus. D'abord elle est juste triste, une ombre sombre glisse en tout cas sur son visage. Je ne peux deviner ses pensées, ce n'est évidemment pas en mon pouvoir, mais elle semble sur le point de fondre en larmes d'un instant à l'autre. C'est comme si chacune de ces oranges avait pour elle une importance toute particulière. Oui, Georg, comme si chacune était complètement irremplaçable. Cela ne dure pas longtemps, car une seconde plus tard elle me regarde d'un air ennuyé et me signifie ainsi clairement qu'elle me tient pour responsable de l'incident. J'ai le sentiment d'avoir détruit sa vie, sans parler de la mienne. C'est comme si j'avais gâché mon propre avenir.

Tu aurais dû être là pour sauver la situation, tu aurais pu dire quelque chose de drôle et de libérateur. Mais je n'avais pas de petite main à tenir à l'époque, c'était de nombreuses années avant ta naissance.

Profondément honteux, je me mets à quatre pattes pour glaner les fruits parmi la multitude de bottes et de bottines crasseuses, mais je ne parviens à en rassembler qu'une partie. Le sac qui les contenait est déchiré, je m'en aperçois bientôt, il n'est donc plus d'aucun secours.

Je suis tombé aux pieds de cette jeune demoiselle, littéralement j'entends : c'est d'un comique bien amer. Un ou deux passagers se mettent à rire gaiement, mais ils comptent parmi les plus enjoués, car les grimaces agacées ne manquent pas, le tram est très plein et notre entassement quasiment insupportable. Je remarque que tous les passagers qui ont assisté à la scène me tiennent pour coupable de ce qui ne devait être qu'un sauvetage galant.

La dernière image que je conserve de ce malheureux trajet en tram est la suivante : je suis debout, des oranges plein les bras, j'en ai aussi enfoncé deux dans les poches de mon pantalon, et alors que je me tiens de nouveau devant la fille à l'anorak orange, elle me regarde dans les yeux et dit sèchement : « Espèce de lutin ! »

C'est une réprimande, pas l'ombre d'un doute là-dessus, mais elle se ressaisit un peu et ajoute, à moitié en signe de réconciliation, à moitié pour plaisanter : « Puis-je emporter une orange ? »

« Pardon, dis-je, pardon ! »

Le tram s'arrête devant la pâtisserie Møllhausen à Frogner, les portes s'ouvrent, je fais un signe de tête ahuri à cette Belle aux oranges, à mes yeux presque surnaturelle, et un instant plus tard elle se contente de cueillir une seule orange dans ma brassée débordante avant de disparaître dans la rue avec la ludique légèreté d'une fée dans un conte.

Le tram hoquette de nouveau et reprend sa route vers Frognerveien.

« Puis-je emporter une orange ? », Georg ! C'étaient pourtant ses oranges à elle que j'avais dans les bras, dans mes poches pour deux d'entre elles, par terre dans le tram pour le reste.

Tout d'un coup c'était moi qui avais les bras pleins d'oranges, et elles n'étaient pas même à moi. Je me sentais comme un simple voleur d'oranges, certains passagers firent même quelques allusions peu amusantes qui allaient dans ce sens, et je ne sais plus quelle était mon intention, mais je me glissai hors du tram à l'arrêt suivant, Frogner plass.

En sortant du tram, je n'avais qu'une idée en tête : trouver un endroit où me débarrasser de toutes ces oranges. J'étais obligé de faire de l'équilibre comme un danseur sur fil pour ne pas les perdre, l'une d'elles échoua toutefois sur les pavés, mais je ne pouvais évidemment pas courir le risque de me pencher pour la ramasser.

J'aperçus bientôt une femme qui poussait un landau devant la vieille poissonnerie, tu sais, celle de Frogner plass. (Enfin, je ne peux en fait pas savoir si elle existe toujours.) Très lentement je m'approche d'elle et, au moment où je la dépasse, voilà qu'il me prend de décharger sur un duvet de bébé rose toutes mes oranges, y compris celles que j'ai dans ma poche, c'est l'affaire d'une seconde ou deux.

Tu aurais dû voir l'expression de cette femme, Georg. Je sentais que je devais dire quelque chose et je la priai donc de bien vouloir accepter mon modeste présent pour le petit enfant, car, à l'heure où l'automne touchait à sa fin, il était essentiel que tous les enfants absorbent suffisamment de vitamine C. J'ajoutai que je parlais en connaissance de cause, puisque j'étudiais la médecine.

Elle me trouva gonflé, pas de doute, peut-être me jugea-t-elle ivre, elle ne crut en tout cas pas que j'étais étudiant en médecine. Mais déjà je détalais sur Frognerveien. De nouveau, je n'avais de place dans ma tête que pour une seule idée : retrouver la

Belle aux oranges. Je devais me hâter autant que possible de retrouver sa trace et me faire pardonner.

J'ignore ce que tu connais de cette partie de la ville. Toujours est-il que, à bout de souffle, j'arrivai bientôt au carrefour Frognerveien, Fredrik Stangs gate, Elisenbergveien et Løvenskioldsgate[1], où la mystérieuse fille était descendue du tram avec une seule pauvre orange dans la main. J'aurais aussi bien pu me trouver à Paris, place de l'Étoile, il y avait bien trop de rues parmi lesquelles choisir, et la Belle aux oranges avait complètement disparu.

Je continuai d'aller et de venir dans Frogner pendant de nombreuses heures cet après-midi-là. Je montai jusqu'à la caserne de pompiers de Briskeby et descendis jusqu'à la vieille clinique de la Croix-Rouge, et chaque fois que je voyais quelque chose qui pouvait évoquer un anorak orange je sentais mon cœur bondir dans ma poitrine, mais celle que je cherchais semblait avoir disparu de la surface.

Quelques heures plus tard je fus traversé par l'idée que la jeune demoiselle à qui j'avais si vilainement porté préjudice était peut-être restée à une fenêtre donnant sur Elisenbergveien, à secrètement observer un jeune étudiant qui, en proie au désespoir, courait en tous sens, tel le héros perplexe d'un film d'action. Il ne trouvait pas la princesse qu'il cherchait. La détermination ne lui faisait certes pas défaut, mais il était totalement incapable de retrouver sa trace. C'était comme si le film était en arrêt sur image.

1. Rue de Fredrik Stang, la route d'Elisenberg, rue de Løvenskiold (NdT).

À un moment, j'aperçus une peau d'orange fraîche dans une poubelle. Je la soulevai et la humai, mais, s'il était possible qu'elle émane vraiment d'elle, elle n'en restait pas moins la dernière trace laissée par la Belle aux oranges.

Pendant tout le reste de la soirée je pensai à la fille à l'anorak orange. J'avais vécu à Oslo toute ma vie, mais je ne l'avais jamais vue, j'en étais certain. Je n'en étais que plus déterminé à faire tout ce qui était en mon pouvoir pour la revoir. Comme par magie, elle avait déjà réussi à se placer entre moi et le reste du monde.

Encore et encore je pensais à toutes ces oranges. Qu'allait-elle en faire ? Allait-elle tout simplement les éplucher et les manger une par une, quartier par quartier, par exemple au petit déjeuner ou à midi ? Cette perspective m'angoissa. Peut-être était-elle malade et suivait-elle un régime spécial. Cette idée aussi me traversa l'esprit, et elle aussi m'inquiéta.

Mais les possibilités étaient nombreuses. Peut-être allait-elle cuisiner un entremets à l'orange pour une réception de cent convives. Cette idée attisa aussitôt ma jalousie, car pourquoi n'étais-je pas invité à la fête ? Je m'imaginais en outre que la répartition des sexes serait fort inégale dans cette réception. Plus de quatre-vingt-dix jeunes gens étaient conviés contre huit filles seulement. Je croyais savoir pourquoi. L'entremets à l'orange allait en effet être servi à l'occasion d'une grande fête de fin de semestre organisée par le Bedriftsøkonomisk Institutt[1], et comme on y apprenait l'économie d'entreprise, l'école ne comptait quasiment pas d'étudiantes.

Je m'efforçai de chasser cette pensée, elle était insoutenable, mais je parvins néanmoins à avoir le temps de considérer comme un vrai scandale en matière de parité que le Bedriftsøkonomisk Institutt n'ait toujours pas mis en place de quotas de genre. Enfin, je ne pouvais évidemment pas me fier à mon imagination. La Belle aux oranges allait peut-être tout simplement rentrer dans une étroite mansarde et presser de nombreux litres de jus d'orange pour en avoir dans son réfrigérateur, puisqu'elle détestait ou était allergique à celui conditionné par les laiteries de Norvège, à base de concentré californien bon marché.

Aucune de ces deux hypothèses ne semblait particulièrement vraisemblable, ni le jus ni l'entremets. Mais j'eus bientôt une idée plus convaincante : la Belle aux oranges portait un vieil anorak de montagne du même type que celui utilisé par Roald Amundsen lors de ses célèbres expéditions polaires. J'avais toujours bien su interpréter les signes, en médecine on appelle cela diagnostiquer, et on ne se promène pas dans les rues d'Oslo avec un vieil anorak de montagne sans que cela ait un sens, en tout cas pas quand on trimbale aussi un grand sac en papier rempli d'oranges juteuses.

Je conclus donc que la Belle aux oranges prévoyait une traversée à ski du Groenland, en tout cas

1. BI, école supérieure de commerce (NdT).

du Hardangervidda, et ce n'était assurément pas idiot de placer huit ou dix kilos d'oranges dans le traîneau à chiens, faute de quoi on risquait de succomber au scorbut dans le désert de glace.

Une fois de plus, je me laissai séduire par ma propre imagination : « anorak » n'était-il pas un mot esquimau ? Bien sûr que le Groenland était l'endroit où cette demoiselle avait l'intention de se rendre. Mais comment cette expédition se déroulerait-elle désormais ? Il n'était pas dit que la mystérieuse fille ait forcément les moyens de s'acheter une nouvelle provision d'oranges, car elle avait été à deux doigts d'éclater en sanglots lorsqu'elle avait perdu toute cette cargaison, et j'en avais déjà conclu qu'elle devait être fort démunie.

Mais les possibilités étaient nombreuses. Je devais être lucide et l'admettre. La Belle aux oranges vivait peut-être au sein d'une famille nombreuse. Oui, pourquoi pas, qui pouvait considérer comme acquis qu'elle était aide-soignante et vivait seule dans une petite mansarde en face de la clinique de la Croix-Rouge ? Peut-être était-elle la fille d'une famille amatrice d'oranges. Cette famille, j'avais bien envie de lui rendre visite, Georg, je les voyais autour de leur grande table, dans l'un de ces somptueux appartements de Frogner, aux pièces spacieuses et aux plafonds ornés de stucs. Outre la mère et le père, la famille comptait sept enfants, la Belle aux oranges avait quatre sœurs et deux frères, elle était l'aînée de cette fratrie, elle était la grande sœur aimante et attentionnée. Ces qualités, elle en aurait d'ailleurs bien besoin dorénavant, car de nombreux jours risquaient de s'écouler avant que ses cadets puissent emporter d'oranges à l'école.

Ou alors – cette idée me traversa comme une lance de glace – elle était peut-être mère. Sa famille était toute petite et n'était composée que d'elle-même, d'un fanfaron de mari qui venait d'achever ses études à BI et d'une petite fille de quatre ou cinq mois, dont, pour une raison ou pour une autre, je me mis en tête qu'elle devait s'appeler Ranveig.

Cela aussi, je devais l'envisager comme une possibilité, j'y étais obligé. Il n'était en effet pas si sûr que ce soit la maman que j'avais vue, poussant un nourrisson couvert d'un édredon rose, devant Frogner Fisk & Vilt[1]. Elle pouvait aussi bien être la jeune fille au pair de la Belle aux oranges. Cette perspective me faisait souffrir. Même en supposant que certaines des oranges reviendraient si tel était le cas à la jeune fille au regard d'écureuil. Le monde était soudain devenu minuscule, et il y avait du sens partout.

J'avais toujours été particulièrement doué pour additionner deux et deux ou pour ce que nous autres médecins appelons diagnostiquer. Je pourrais presque ajouter ici que c'est moi qui ai établi mon propre diagnostic lorsque j'ai compris que j'étais malade. J'en suis un peu fier. Je suis simplement allé voir un collègue et je lui ai dit ce que j'avais. Ensuite il a pris les rênes. Et puis…

Bon, bon, Georg. Là, j'étais obligé de faire une petite pause dans l'écriture.

1. Magasin d'alimentation spécialisé dans le poisson et le gibier (NdT).

Tu trouves peut-être étrange que j'aie été en mesure de faire un récit aussi enjoué de ce qui s'est passé cet après-midi-là, il y a bien des années. Mais je m'en souviens comme d'une histoire enjouée, presque comme d'un film muet, et c'est ainsi que je souhaite que tu la ressentes. Cela ne signifie pas pour autant que j'aie le cœur particulièrement léger, à l'instant où j'écris, j'entends. La vérité est que je me sens complètement démuni, totalement inconsolable, pour être plus sincère. Je ne le cache pas, mais n'y pense pas. Tu ne me verras jamais pleurer, je l'ai décidé, et je sais me maîtriser.

Maman est en train de rentrer du travail et nous ne sommes que tous les deux à la maison. Mais en ce moment précis, assis par terre à dessiner avec tes crayons de couleur, tu ne peux pas me consoler. Ou peut-être le peux-tu malgré tout. Lorsque, un jour, dans de nombreuses années, tu liras cette lettre de celui qui un jour fut ton père, tu lui enverras peut-être une pensée réconfortante. Cette perspective me réchauffe déjà.

Le temps, Georg. Qu'est-ce que le temps ?

J'ai regardé une photo de supernova 1987A. Elle avait été prise par le télescope Hubble à peu près au moment où mon père avait compris qu'il était malade.

Évidemment j'avais pitié de lui. Mais je n'étais pas tout à fait certain qu'il ait raison de mettre sur mes épaules son chagrin si profond. Il n'était quoi qu'il en soit rien que je puisse faire pour mon père.

Il avait vécu à une autre époque et j'étais obligé de vivre ma propre vie. Si nous croulions tous sous le poids de lettres écrites par des pères et des aïeux défunts, nous ne pourrions pas vivre nos propres vies.

J'ai senti quelques larmes dans mes yeux. Elles n'étaient pas douces, enfin dans la mesure où on peut parler de larmes douces, elles étaient de ces larmes amères et dures qui ne coulent pas, mais restent à brûler le coin de l'œil.

J'en suis venu à songer à toutes ces fois où maman et moi sommes allés au cimetière entretenir la tombe de mon père. Après avoir lu les derniers paragraphes, j'ai décidé de ne plus le faire. Je ne mettrai en tout cas plus jamais les pieds au cimetière tout seul. Plus jamais.

Il n'est pas forcément très difficile de grandir sans père. Ça ne devient vraiment angoissant qu'une fois que ce père mort se met à parler depuis sa tombe. Il aurait alors peut-être mieux valu qu'il laisse son fils en paix. Il avait d'ailleurs lui-même laissé entendre qu'il était revenu comme un fantôme.

J'avais les mains moites. Mais j'allais évidemment lire le reste de la lettre de mon père. Peut-être était-ce bien qu'il ait écrit une lettre à l'avenir, et peut-être pas. Il était bien trop tôt pour se faire une réelle opinion à ce sujet.

Je songeai qu'il avait dû être un drôle de toqué, en tout cas à dix-neuf ans, pendant cet automne de la fin des années soixante-dix, parce que je trouvais qu'il en faisait peut-être un peu trop à propos d'une fille dans le tram de Frogner avec un sac d'oranges dans les bras. Que des filles et des garçons se lancent des coups d'œil n'est pas si remarquable que cela, je crois qu'ils l'ont fait depuis Adam et Ève.

Pourquoi n'avait-il pas simplement écrit qu'il était tombé amoureux d'elle ? La jeune demoiselle l'avait certainement compris bien avant qu'il se jette sur ses oranges. Il s'était en outre arrangé pour glisser un bras autour de sa taille. Peut-être s'était-il trouvé dans le tramway animé d'un désir inconscient de danser avec elle une authentique valse maltaise.

Quand des enfants tombent amoureux, ils se mettent soit à se battre, soit à se tirer les cheveux. Certains se lancent aussi des boules de neige. Je me figurais qu'à dix-neuf ans on était un peu plus malin que cela.

Mais je n'avais lu que le début de l'histoire. Après tout, cette Belle aux oranges avait peut-être quelque chose de mystérieux. Qui sait ? Faute de quoi mon père ne se serait guère mis à parler d'elle. Il était malade, il savait qu'il allait probablement mourir. Ce sur quoi il écrivait devait donc être fort important pour lui, et peut-être pour moi aussi.

J'ai fini mon Coca et poursuivi ma lecture.

Allais-je jamais revoir la Belle aux oranges ? Peut-être pas, peut-être vivait-elle dans un tout autre endroit du pays, peut-être n'était-elle venue à Oslo que le temps d'une courte visite.

Quand j'étais en ville et que j'apercevais le tram de Frogner, j'avais pris l'habitude de regarder par toutes les fenêtres pour rechercher la Belle aux oranges parmi les passagers. Je croisais souvent le tram, mais je ne la vis jamais. Frogner était désormais le théâtre de ma promenade vespérale, et chaque fois que dans la rue quelque chose de jaune ou d'orange entrait dans mon champ de vision, je pensais que maintenant, maintenant j'allais la revoir. Mais si mes attentes étaient grandes, mes déceptions furent nombreuses.

Les jours, les semaines passaient et, un lundi matin, je passai à un café de Karl Johan[1], qui était une sorte de point de chute pour mes condisciples et moi. À peine avais-je passé la porte que je m'arrêtai brusquement et reculai d'un demi-pas. La Belle aux oranges était là ! Elle n'y était jamais venue, en tout cas pas en ma présence, mais aujourd'hui elle était assise dans ce café et feuilletait un livre coloré en buvant une tasse de thé. C'était comme si une main invisible l'avait placée là en attendant que je vienne y faire un tour et que je lui rende visite.

Elle portait le même anorak élimé, et écoute bien maintenant, Georg, tu ne le croiras peut-être pas, mais sur ses genoux, entre elle-même et la petite table, elle tenait un grand sac en papier plein à craquer d'oranges pulpeuses.

Je sursautai. Revoir la Belle aux oranges avec le même anorak orange et un sac d'oranges tout à fait

1. Artère principale d'Oslo (NdT).

identique sur les genoux paraissait aussi irréel qu'un mirage. Dès lors, ces oranges devinrent le noyau même de ce que je devais essayer de découvrir. Quel genre d'oranges était-ce, du reste ? Ces soleils dorés brillaient avec une telle fraîcheur que j'éprouvai le besoin de me frotter les yeux. Elles étaient quasiment jaune d'or et n'avaient rien à voir avec les oranges que j'avais pu voir auparavant. Même non épluchées, j'avais l'impression de pouvoir sentir à quel point elles étaient juteuses. Assurément, il ne pouvait nullement s'agir d'oranges ordinaires !

Je me faufilai quasiment dans les locaux et m'assis à une table à quatre ou cinq mètres d'elle. Avant de décider ce que j'allais faire, je voulais juste rester assis et la regarder, savourer cette vision de l'inexplicable.

Je ne pensais pas qu'elle m'avait remarqué, mais elle leva subitement le nez de son livre et me regarda droit dans les yeux. Elle me prenait ainsi en flagrant délit, puisqu'elle comprenait que j'avais passé un moment à l'observer. Elle sourit avec chaleur et ce sourire, Georg, aurait pu faire fondre le monde entier, parce que, si le monde l'avait vu, il aurait trouvé la force de mettre fin à toutes les guerres et à toutes les inimitiés de la planète entière, il y aurait en tout cas eu de longs cessez-le-feu.

Je n'avais plus le choix, j'étais obligé d'aller la voir. Je marchai lentement et m'installai sur une chaise libre à sa table. Elle ne trouva pas cela anormal, même si quelque chose en elle faisait que je ne pouvais pas être complètement sûr qu'elle me reconnaissait depuis notre trajet en tram.

Pendant quelques secondes nous restâmes sans piper mot. C'était comme si elle voulait que nous ne parlions pas tout de suite. Elle me regarda longtemps dans les yeux, certainement pendant une minute entière, et cette fois je ne baissai pas le regard. Je notai que ses pupilles vacillaient. C'était comme si ses yeux me disaient : tu te souviens de moi. Ou : tu ne te souviens pas de moi ?

L'un de nous devait bientôt dire quelque chose, mais j'étais si troublé que je restais à songer à cette époque où nous avions vécu ensemble comme un couple d'écureuils turbulents dans un petit bois, rien que nous deux. Elle adorait se cacher, je devais sans cesse grimper et descendre en courant le long des troncs d'arbres pour la trouver, et quand je l'apercevais, elle bondissait de sa branche et s'élançait sur un autre arbre. Ainsi je passai mon temps à danser derrière elle à travers la forêt, jusqu'au jour où j'eus l'idée de me cacher moi aussi. Alors ce fut à son tour de tourbillonner derrière moi, j'étais au sommet d'un arbre, en bas dans la mousse derrière une vieille souche, et je me délectais de la voir me chercher avec impatience, voire avec une once d'angoisse à l'idée de ne jamais me retrouver…

Tout d'un coup se produisit quelque chose de féerique, pas dans la forêt de noisetiers des temps primitifs, mais ici et maintenant, au beau milieu de Karl Johan.

Mon bras gauche était sur la table et elle glissa soudain sa main droite dans la mienne. Elle avait posé son livre sur les oranges et entourait toujours le grand sac de son bras gauche, comme si elle craignait que je ne le lui prenne ou que je ne le pousse par terre.

Je ne me sentais plus aussi timide. Je me contentais de recevoir la fraîche énergie qui affluait de ses doigts vers les miens. Je songeai qu'elle était dotée d'une sorte de pouvoir surnaturel, et je me doutais que, d'une manière ou d'une autre, il avait un rapport avec les oranges.

Énigme, pensai-je, merveilleuse énigme !

Je n'allais pas pouvoir me taire beaucoup plus longtemps. Il fallait que l'un de nous au moins dise quelque chose. Trahison ? Infraction aux règles de ce que la Belle aux oranges représentait ? Quoi qu'il en soit, nous nous regardions encore dans les yeux lorsque je déclarai : « Tu es un écureuil ! »

Elle sourit très légèrement et me serra tendrement la main. Puis elle lâcha prise, se leva gracieusement avec son grand sac d'oranges dans les bras et partit d'un pas vif dans la rue. Tandis qu'elle partait, j'aperçus des larmes dans ses yeux.

J'étais paralysé. J'étais sans voix. À peine quelques secondes auparavant, la Belle aux oranges était juste en face de moi et me tenait la main, il me semblait que la salle embaumait encore les oranges, mais elle n'était plus là à présent. Sans son grand sac d'oranges, elle m'aurait peut-être fait un signe de la main. Elle avait besoin de ses deux mains pour l'entourer, ce n'était pas le moment de me faire un signe. Mais elle pleurait.

Je ne la suivis pas, Georg. Là encore, j'aurais enfreint les règles. J'étais juste submergé, j'étais plongé dans une sorte de torpeur, j'étais rassasié. J'avais vécu quelque chose de délicieusement énigmatique dont j'allais pouvoir me nourrir pendant de nombreux mois. Je pensais que je la reverrais très certainement. Ici gouvernaient des forces puissantes, impénétrables aussi.

Elle était étrangère. Elle venait d'un conte plus beau que le nôtre. Elle avait réussi à s'introduire dans notre réalité, peut-être dans le cadre d'une mission importante à y accomplir, peut-être était-elle chargée de nous sauver de ce que d'aucuns appellent « la grisaille du quotidien ». Jusqu'à présent j'étais resté complètement ignorant de tels élans apostoliques. J'avais cru qu'il n'existait qu'une seule existence et une seule réalité. Mais on comptait au moins deux types d'humains. La Belle aux oranges et puis nous autres.

Mais pourquoi avait-elle les larmes aux yeux ? Pourquoi pleurait-elle ?

Je me souviens de m'être dit qu'elle avait peut-être un don divinatoire. Car pourquoi les larmes lui viendraient-elles à la vue d'un homme complètement inconnu ? Peut-être avait-elle « vu » qu'un rude destin me frapperait un jour.

Il est étrange de songer que j'aie pu imaginer une chose pareille à cette époque. Même si je me suis toujours facilement laissé emporter par ma propre imagination, j'étais et je reste un homme rationnel.

À ce point de l'histoire, un bref rappel des événements me paraît nécessaire. Je te promets que ça ne se reproduira pas trop souvent.

Un jeune homme et une femme tout aussi jeune ont un bref contact visuel dans le tramway de Frogner. Ils ne sont plus des enfants, mais ils n'ont pas encore eu le temps de devenir vraiment adultes, et ils ne se sont jamais rencontrés. Quelques petites minutes plus tard, le jeune homme croit que la jeune femme est sur le point de perdre un énorme sac rempli d'oranges juteuses. Il intervient avec pour triste résultat la chute de toutes les oranges. La jeune femme le traite de lutin et descend du tram à l'arrêt suivant, après avoir demandé si elle pouvait emporter une seule et unique pauvre orange, ce à quoi le jeune homme a accédé par un hochement de tête ébahi. Puis quelques semaines passent et ils se revoient dans un café. Cette fois encore, la jeune femme tient un gros sac en papier rempli à ras bord d'oranges plantureuses. Le jeune homme s'installe à sa table et ils passent une minute entière à se regarder dans les yeux. Cela fera sans doute figure de lieu commun, mais au cours de ces soixante secondes leurs regards plongent véritablement l'un dans l'autre, presque jusqu'au fond des profondeurs de l'âme, lui dans son âme à elle, elle dans son âme à lui. Elle met sa main dans la sienne et il lui dit qu'elle est un écureuil. Elle se lève alors dans un mouvement gracieux et se glisse hors du café, son gros baluchon dans les bras. Le jeune homme aperçoit des larmes dans ses yeux.

Entre eux ne sont tombées jusqu'à présent que quatre répliques. Elle : « Espèce de lutin ! ». Elle : « Puis-je prendre une orange ? ». Lui : « Pardon, pardon ! ». Et lui : « Tu es un écureuil ! ».

Le reste est un film muet. Le reste est une énigme.

Es-tu capable de résoudre cette énigme, Georg ? Moi je ne le pouvais pas et c'était sans doute parce que j'en faisais partie.

J'étais maintenant vraiment pris par cette histoire. Deux fois de suite la Belle aux oranges s'était montrée à mon père avec un gros sac d'oranges dans les bras. C'était mystérieux. Puis, sans dire ne serait-ce qu'un mot, elle avait glissé sa main dans la sienne, plongé ses yeux dans les siens, avant de se lever subitement et de se précipiter dans la rue en pleurant. Curieux comportement. Notable même.

À moins que ce n'ait été mon père qui se mettait à avoir des visions !

La Belle aux oranges était peut-être ce qu'on appelle une « chimère ». Beaucoup affirment avoir vu un monstre dans le loch Ness, ou dans le lac de Seljordsvannet, d'ailleurs, et il n'est pas certain qu'ils mentent, il est possible qu'ils aient vu une chimère. Si mon père se mettait soudain à raconter que la Belle aux oranges était un jour arrivée en tirant un gigantesque traîneau à chiens sur Karl Johan, je ne douterais pas de ce que l'histoire de la Belle aux oranges était en réalité celle de mon père qui, pendant une courte période de sa vie, avait été sur le point de perdre la tête. Cela peut arriver aux meilleurs d'entre nous et il existe des médicaments pour soigner ces choses-là.

Que la Belle aux oranges soit une chimère ou un être humain de chair et de sang, il était en tout cas certain que mon père lui avait porté un intérêt démesuré. Toutefois, à partir du moment où il avait eu l'occasion de lui dire quelque chose, je dois admettre que la phrase « Tu es un écureuil » était une réplique lamentable.

Il ne cachait toutefois pas qu'il s'était lui-même surpris à dire quelque chose d'aussi minable. Pourquoi diable avait-il dit précisément cela ? Non, mon cher père, cette énigme-là, je ne suis pas capable de la résoudre.

Je ne voudrais pas passer pour quelqu'un qui sait tout mieux que tout le monde. Je suis le premier à admettre qu'il n'est pas toujours évident de trouver quelque chose à dire à une fille « aux charmes de laquelle on n'est pas insensible », comme on dit.

J'ai mentionné que je jouais du piano. Je ne suis pas exactement un virtuose, mais j'arrive à jouer le premier mouvement de la Sonate au clair de lune *de Beethoven presque sans fausses notes. Quand je suis tout seul et que j'en joue le premier mouvement, j'ai parfois le sentiment d'être sur la Lune, devant un grand piano à queue, et que je joue tandis que la Lune, le piano et moi voguons en orbite autour du globe terrestre. Je m'imagine que les accords que je plaque s'entendent dans tout le système solaire, si ce n'est jusqu'à Pluton, au moins jusqu'à Saturne.*

Je viens à peine de commencer à apprendre le deuxième mouvement de cette sonate, allegretto. *Il est un peu plus difficile à saisir, mais il est vraiment cool à écouter quand c'est ma prof qui me le joue. Il me fait penser à des petites poupées mécaniques qui montent et descendent l'escalier d'un centre commercial !*

J'ai décidé de laisser tomber le troisième mouvement, pas uniquement du fait de sa trop grande difficulté, mais parce que je le trouve tout simplement trop effrayant. Le premier mouvement (adagio sostenuto) *est de toute beauté, peut-être un peu sombre, mais le dernier* (presto agitato) *est carrément menaçant. Si j'avais voyagé en vaisseau spatial et atterri sur une autre planète où une pauvre créature martelait le troisième mouvement de la* Sonate au clair de lune, *j'aurais aussitôt mis les voiles. En revanche, si le type avait joué le premier mouvement, je serais peut-être resté quelques jours, j'aurais en tout cas osé aller le voir pour me renseigner sur cette planète musicale où j'avais atterri.*

Un jour j'ai dit à ma prof de piano que Beethoven avait en lui à la fois beaucoup de ciel et beaucoup d'enfer. Elle en est restée bouche bée. Elle m'a dit que j'avais tout compris ! Puis elle m'a raconté une chose intéressante. Ce n'est pas Beethoven lui-même qui avait choisi le nom de Sonate au clair de lune. *Il l'avait appelée* Sonate en ut dièse mineur, opus 27 n° 2, *avec le titre générique* Sonata quasi una Fantasia, *ce qui signifie simplement « presque une fantaisie ». Ma prof la trouvait de bien trop mauvais augure pour pouvoir être appelée « sonate au clair de lune ». Elle a ajouté que le compositeur hongrois Franz Liszt avait qualifié le deuxième mouvement de « fleur entre deux abîmes ». Personnellement, je l'aurais sans doute appelé « joyeux théâtre de marionnettes entre deux tragédies ».*

Enfin, j'écrivais donc que je n'avais pas de mal à comprendre qu'il puisse être difficile de savoir quoi dire à une fille « aux charmes de laquelle on n'est pas insensible ». L'heure est maintenant à un véritable aveu, car, précisément en ce qui concerne ce genre de questions, je traîne déjà mes propres casseroles derrière moi, ou au conservatoire pour être plus précis.

Tous les lundis, j'ai un cours de piano entre six et sept heures. Au même moment, une fille a son cours de violon, elle doit avoir un ou deux ans de moins que moi, et je devrais sans doute admettre que « je ne suis pas insensible à ses charmes ». Il n'est pas rare que nous passions ensemble cinq ou dix minutes dans la salle d'attente avant les cours. Nous n'avons presque jamais discuté, mais, il y a quelques semaines, elle m'a demandé l'heure, et exactement la même chose s'est reproduite la semaine suivante. Alors j'ai dit qu'il pleuvait des cordes et que l'étui de son violon était mouillé. Nous ne sommes pas allés plus loin, force m'est d'en convenir. Comme elle n'engage pas de véritable conversation, je n'ose pas me lancer non plus.

Peut-être trouve-t-elle que j'ai l'air d'un pou. On peut aussi imaginer qu'elle m'aime bien, mais est seulement aussi timide que moi. Je n'ai pas la moindre idée d'où elle habite, mais je sais qu'elle s'appelle Isabelle, je l'ai vu sur la liste des élèves du cours de violon.

Nous nous sommes mis à arriver de plus en plus tôt à nos cours de musique. Lundi dernier, nous avons passé presque un quart d'heure à attendre. Mais nous nous contentons de rester assis à côté l'un de l'autre. Nous restons muets comme des carpes. Puis chacun part dans sa salle jouer devant son prof. Je me suis déjà pris à imaginer qu'elle débarquait subitement dans la salle de piano tandis que je jouais la Sonate au clair de lune *et qu'elle était si émue qu'elle m'accompagnait au violon. Cela ne se produira jamais, c'est ma chimère. L'origine en est probablement que je n'ai jamais vu son instrument. Je ne l'ai jamais entendue en jouer non plus. Pour autant que je sache, elle pourrait n'avoir rien d'autre dans son étui à violon qu'une flûte à bec ! (Auquel cas elle ne s'appellerait pas Isabelle, mais juste Kari*[1]*.)*

Ce à quoi je voulais peut-être arriver, c'est que je ne sais pas comment je réagirais si elle me prenait soudain la main et plongeait ses yeux dans les miens. J'ignore aussi ce que j'aurais fait si elle avait fondu en larmes. Je me dis tout d'un coup que je n'ai que quatre ans de moins que mon père lors

1. En Norvège, Isabelle est un prénom rare et exotique, au contraire de Kari (NdT).

de sa rencontre avec la Belle aux oranges. Je comprends qu'il ait ressenti un choc. « Tu es un écureuil ! » a-t-il dit.

Tout compte fait, je crois que je te comprends très bien, mon cher père. Allez, vas-y, continue de raconter.

Après notre brève entrevue au café, j'entamai la phase systématique et logique de ma recherche de la Belle aux oranges, puisque de nouveau je passai de nombreuses longues journées sans voir son ombre.

Il est inutile que je t'entraîne dans tous les méandres de mes recherches, Georg, de toute façon ce catalogue serait trop long. Mais alors que je me perdais en conjectures et analyses, je me fis un jour la réflexion suivante : les deux fois où j'avais vu la Belle aux oranges, c'était un lundi. Que n'y avais-je songé plus tôt ! Et puis il y avait les oranges, la seule véritable piste dont je disposais. D'où venaient-elles ? Les épiceries de Frogner devaient bien vendre des oranges. Certes, mais jusqu'à quel point étaient-elles juteuses et savoureuses – et bon marché ? Ses oranges, conclus-je, quand on est vraiment exigeant, on les achète sur un grand marché aux fruits, par exemple sur Youngstorget[1] – qui accueillait à l'époque le seul véritable grand marché de fruits et légumes d'Oslo –, en tout cas quand on en consomme plusieurs kilos par jour. On prend ensuite le tram pour rentrer à Frogner depuis Storgata,

1. La place du marché de Young (NdT).

parce qu'on n'a pas une aisance financière telle que l'on puisse sans hésitation sauter dans un taxi. Mais il y avait aussi autre chose : le sac en papier marron ! En général, les épiceries ordinaires utilisaient des sacs en plastique. N'était-ce pas précisément sur Youngstorget que les achats étaient emballés dans ces grands sacs en kraft que portait la Belle aux oranges ?

C'était seulement une théorie parmi tant d'autres, mais je me rendis trois lundis d'affilée sur Youngstorget pour acheter quelques fruits et légumes. Quoi qu'il advienne, il ne pouvait être néfaste pour un étudiant d'améliorer son régime alimentaire, ces derniers temps j'avais eu tendance à manger un peu trop de saucisses grillées avec de la salade de crevettes.

Inutile de brosser ici un tableau de la foule qui se presse sur Youngstorget, Georg, il te suffit de faire comme moi. Tu cherches simplement à apercevoir une mystérieuse fille en anorak qui essaie de marchander le prix d'un sac de plusieurs kilos d'oranges à un stand – ou alors tu essaies de voir cette même jeune demoiselle sur le point de quitter le marché, un gros sac dans les bras. Tout le reste, tu peux l'oublier, tous les autres, j'entends.

Mais la vois-tu, Georg ?

Pour ma part, j'ai été déçu la première et la deuxième fois, mais le troisième lundi j'ai aperçu une silhouette orange à une extrémité de la place. Mais si ! C'était assurément une jeune demoiselle en vieil anorak de montagne que je voyais, et ne se tenait-elle pas précisément devant l'un des stands de fruits à remplir un grand sac en papier d'oranges ?

Je traversai en hâte le marché et me tins bientôt à quelques mètres d'elle. C'était donc ici qu'elle les achetait ! C'était comme si je la prenais en flagrant délit. Je sentais mes jambes flageoler et je craignais de m'écrouler.

La Belle aux oranges n'avait pas encore fini de remplir son sac, pour la bonne raison que sa méthode de sélection différait totalement de celle de tous les autres clients. Écoute seulement : je restai longtemps à étudier comment elle soulevait les oranges une à une et examinait chacune très attentivement, avant de la mettre dans le sac ou de la reposer sur le grand monceau dont elle provenait. Je compris pourquoi elle ne se contentait pas d'acheter ses oranges dans n'importe quel petit commerce de Frogner. Cette jeune demoiselle devait disposer d'un énorme choix d'oranges.

Jamais auparavant je n'avais connu pareille exigence dans la sélection des oranges et je fus convaincu que cette fille ne les achetait pas uniquement pour en presser le jus. Mais à quoi lui servaient-elles, alors ? Des suggestions, Georg ? Comprends-tu pourquoi elle s'attardait jusqu'à trente secondes sur une orange avant de décider si elle la placerait ou non dans son sac en papier ?

Personnellement, je ne voyais qu'une réponse : la Belle aux oranges travaillait comme responsable des cuisines dans un grand jardin d'enfants, où chaque petit mangeait une orange au déjeuner. Or il est bien connu que les enfants ont un sens de la justice très développé. La mission de la Belle aux oranges était donc de veiller à ce que toutes les oranges qu'elle achetait soient parfaitement égales, à savoir aussi grosses, aussi rondes et de la même couleur orange brillante. Elle devait en outre les compter.

Je jugeai cette idée convaincante et j'eus même le temps de ressentir une pointe d'angoisse à l'idée que plusieurs beaux objecteurs de conscience puissent travailler dans ce même jardin d'enfants. Mais Georg, à deux mètres de distance, je constatai bientôt que c'était de tout autre chose qu'il s'agissait. Il n'était pas difficile de se rendre compte que la Belle aux oranges s'astreignait à sélectionner des oranges aussi différentes les unes des autres que possible, à la fois en taille, en forme et en couleur. Tu pourras même noter un petit détail : certaines de ces oranges portaient encore les feuilles de l'oranger !

Renoncer à l'idée de ces objecteurs de conscience importuns me mit du baume au cœur. Mais c'était bien là tout ce dont je pouvais me réjouir. La Belle aux oranges était et restait une énigme.

Puis le sac fut plein, elle paya et se dirigea vers Storgata. Je la suivis de loin, car j'avais décidé de ne pas me montrer avant que nous ne soyons de nouveau à bord du tram de Frogner. Mais, précisément sur ce point décisif, mes suppositions étaient hélas erronées. Cet après-midi-là, elle ne fit en effet pas tout le chemin jusqu'à Storgata pour prendre le tram. Juste avant, elle monta dans une voiture blanche, une Toyota ; quelqu'un occupait le siège du conducteur et c'était un homme.

Il ne me paraissait plus très approprié de courir pour la rattraper. Je n'avais pas vraiment envie de saluer cet homme. Bientôt la voiture démarra, tourna à un coin de rue et disparut.

Je puis toutefois te donner un renseignement supplémentaire : au moment où la Belle aux oranges était montée dans la voiture, son gros sac dans les bras, elle s'était soudain retournée et m'avait regardé. Avait-elle eu le temps de me reconnaître ? Je ne puis l'affirmer en toute certitude. Je ne puis être certain que du fait qu'elle s'était installée dans une Toyota blanche avec un homme et que, ce faisant, elle m'avait regardé.

Et qui était cet homme chanceux ? Je n'avais pas eu la possibilité de déterminer son âge, il aurait aussi bien pu être son père, mais il aurait pu être... enfin, qu'en savais-je donc ? Était-il objecteur de conscience ? Non ! Pas dans une Toyota blanche. Ou était-il ce pitre, ce fanfaron, père d'une fille de quatre mois qui s'appelait Ranveig ? Pas nécessairement, rien ne l'indiquait. Il était tout aussi vraisemblable que l'homme à la Toyota soit celui avec qui la Belle aux oranges traverserait le Groenland à ski. Cet homme-là, je m'en étais fait une idée depuis belle lurette. Parmi les cascades d'images qui défilaient devant mes yeux, je voyais les rations d'oranges, les haches à glace, le scalpel, les bâtons de ski supplémentaires, les sacs de couchage, le réchaud et le bouillon. Je voyais la tente dans laquelle ils dormiraient, elle était jaune, et j'eus l'idée que le traîneau était tiré par huit chiens.

Oh, ça, je les imaginais sans peine ! Qu'ils se gardent bien de croire qu'ils pouvaient se cacher de moi ! C'était comme si j'avais une bobine entière de film dans la tête : un couple singulier traverse à ski l'immense désert de glace du Groenland. Elle est aussi belle et innocente que la déesse de la neige. Ce n'est pas son cas à lui. Son nez est tordu, sa bouche un rictus amer et son regard aussi plein de mauvaises intentions que les profondes crevasses du glacier dans lesquelles elle risque à tout moment de tomber. (L'aidera-t-il alors à sortir de la crevasse ? Ou se contentera-t-il de filer tout seul et de se nourrir de ses portions d'oranges à elle, sachant pertinemment qu'il ne la reverra plus jamais ?) Sa virilité est brute, puissance primitive et laide. Il abat les ours blancs avec autant de détachement que l'on écrase un moustique. Et pendant que nous y sommes, n'exclus pas qu'il puisse être capable de la violer parmi les blocs de glace bien loin de quelque chose qui pourrait être appelé les autorités. Car qui les voyait à présent ? Qui les gardait à l'œil, là-bas ? Je peux te le dire, Georg. C'était moi seul. Je me faisais une image de plus en plus nette de toute l'expédition. Je savais exactement quel équipement ils devaient emporter. Avant la fin de la journée, j'avais donné un nom à chacun des huit chiens, et dans la soirée j'avais dressé une liste complète des rations nécessaires. Au total l'équipement pesait deux cent quarante kilos, y compris une petite bouteille de shampoing et un quart de bouteille d'alcool qu'ils pourraient boire à leur arrivée à Siorapaluk ou à Qaanaag…

Dès le lendemain matin, mes nerfs allaient toutefois s'apaiser. On ne traverse pas le Groenland à ski en décembre. En décembre, ces expéditions mettent le cap sur l'Antarctique, et on n'achète alors pas ses oranges sur un marché aux fruits d'Oslo, ces denrées indispensables, on se les procure au Chili ou en Afrique du Sud. Il n'est pas même certain que l'on achète ne serait-ce qu'une seule orange. Celui qui est à ski au pôle Sud absorbe certainement un tel nombre de calories par jour que tout apport spécifique de vitamines est superflu. De plus, les oranges pèsent lourd et, avant tout : comment éplucher une orange congelée avec de grosses moufles sur les mains ? Comme apport de liquide lors d'une expédition polaire, les oranges doivent être aussi lourdes de conséquences que les chevaux de Scott. Enfin, liquide, liquide : en fait, quelques gouttes d'essence et un bon réchaud suffisent. La glace et la neige, donc l'eau, sont les seuls éléments que l'on trouve en quantités plus que suffisantes dans ces contrées, or l'orange est constituée à plus de quatre-vingts pour cent d'eau.

Chère petite Belle aux oranges, pensais-je. Qui es-tu ? D'où viens-tu ? Où es-tu en ce moment ?

Maman était de nouveau venue à la porte.

– Comment ça va, Georg ? m'a-t-elle demandé.

– Bien. Mais maintenant il faudrait que tu arrêtes de m'embêter.

Elle est restée silencieuse pendant deux secondes, avant de déclarer :

– Je n'aime pas que tu fermes ta porte à clef.

– Quel est l'intérêt d'avoir une clef si on ne l'utilise pas de temps en temps ? Il existe quelque chose qui s'appelle le respect de la vie privée.

Elle était un peu agacée. Ou plutôt vexée.

– Là, tu es puéril, Georg. Tu n'as aucune raison de t'enfermer à cause de nous.

– J'ai quinze ans, maman. Ce n'est pas moi qui suis puéril.

Elle a soupiré profondément, pour ne pas dire avec humeur. Puis le silence complet s'est fait.

Je n'ai évidemment rien dit de la Belle aux oranges. J'avais en effet le fort pressentiment que tout ce que mon père me confiait à son sujet, il ne l'avait jamais raconté à maman. Dans le cas contraire, elle aurait pu m'en parler elle-même, et mon père aurait évité de passer tous ses derniers instants sur terre à m'écrire cette longue lettre. Peut-être avait-il vécu dans sa jeunesse quelque chose qui lui donnait maintenant l'occasion d'avertir son fils, d'homme à homme. Il avait en tout cas une question importante à me poser.

Jusqu'à présent ce qu'il m'avait demandé de plus concret, c'était comment se portait le télescope Hubble. S'il avait seulement su combien je pouvais lui en dire à ce sujet.

Le plus spécial, à propos de cet exposé « écrit », c'est que le prof m'avait obligé à le lire à la classe. J'ai aussi dû montrer les photos. Cela partait d'un bon sentiment, mais dès la récréation suivante certaines des filles me surnommaient « petit Einstein ». Coïncidence, ce sont ces mêmes filles qui manifestent le plus d'enthousiasme dans l'expéri-

mentation de fards à paupières et de rouges à lèvres. Je pense qu'elles font des expériences dans beaucoup d'autres domaines aussi.

Je n'ai rien contre le fard à paupières et le rouge à lèvres. Mais il se trouve aussi que nous sommes sur une planète dans l'espace. C'est, à mon sens, complètement fou d'y penser. C'est dingue simplement de songer qu'un espace existe. Mais certaines filles sont incapables de voir autre chose en cet Univers que le mascara. Il y a sans doute aussi des garçons qui ne sont pas en mesure de distinguer autre chose à l'horizon qu'un ballon de foot. De la petite glace à maquillage au vrai télescope à miroir, il y a tout de même un petit bout de chemin à parcourir ! Je crois que c'est ce que l'on appelle un « glissement de perspective ». On pourrait peut-être aussi parler de « déclic ». Il n'est jamais trop tard pour avoir un déclic. Mais nombreux sont ceux qui passent toute leur vie sans comprendre qu'ils flottent dans le vide de l'espace. Les forces de frottement sont trop nombreuses ici-bas. Se préoccuper de son apparence suffit.

Nous appartenons à cette planète. Mon propos n'est pas de le mettre en doute. Nous faisons partie de la vie de la nature sur cette planète. Ici, nous avons appris des singes et des rampants comment nous nous reproduisons, et je n'y vois aucune objection. Dans une autre nature tout aurait peut-être été différent, mais c'est donc ici que nous sommes. Et je le répète : je ne le nie pas. Je veux simplement dire que cela ne devrait pas nous empêcher d'aspirer à voir un tout petit peu plus loin que le bout de notre nez.

« Télé-scope » signifie quelque chose comme regarder vers ce qui est très loin. Mais ce récit d'une « Belle aux oranges » pouvait-il avoir un quelconque rapport avec un télescope orbital ?

Installer un télescope dans l'espace ne répondait évidemment pas à l'objectif d'approcher plus près *des étoiles et des planètes à observer. La démarche aurait été à peu près aussi stupide que de se hisser sur la pointe des pieds pour mieux voir les cratères de la Lune. Tout l'intérêt d'un télescope orbital réside dans l'étude de l'espace depuis un endroit qui se trouve hors de l'atmosphère terrestre.*

Beaucoup croient que les étoiles brillent dans le ciel, ce qu'elles ne font pas. C'est juste l'instabilité de l'atmosphère qui donne cette impression, à peu près comme la surface de l'eau peut, lorsqu'elle n'est pas plane, créer l'impression que les cailloux d'un lac vacillent et sont flous. On pourrait aussi prendre l'image inverse : depuis le fond d'une piscine, il n'est pas toujours aisé de déterminer ce qui bouge au bord du bassin.

Il n'existe pas de télescope sur terre qui soit en mesure de produire des images vraiment nettes de l'espace. Hubble Space Telescope est le seul à le pouvoir. C'est pour cette raison qu'il peut nous en dire infiniment plus sur ce qui est là-bas que les télescopes sur terre.

De nombreuses personnes sont si myopes qu'elles ne parviennent pas à faire la distinction entre un cheval et une vache, ou tant que nous y sommes entre un hippopotame et un zèbre. Elles ont besoin de lunettes pour mieux voir.

*J'ai écrit qu'on avait rapidement découvert que le miroir principal de Hubble souffrait d'un grave défaut de profilage et que l'équipage d'*Endeavour *y avait remédié en décembre 1993. En fait, il n'a pas touché au miroir lui-même. Il l'a juste muni de lunettes. Ces lunettes sont composées de dix petits miroirs et s'intitulent COSTAR, ou Corrective Optics Space Telescope Axial Replacement.*

Mais non, je ne comprenais toujours pas en quoi le télescope orbital pouvait avoir un rapport avec la Belle aux oranges. Je le comprends maintenant, à « l'instant où j'écris », et c'est uniquement parce que j'ai depuis longtemps fini de lire la longue lettre que mon père m'a écrite pendant les semaines précédant sa mort. En l'occurrence, je l'ai lue quatre fois, mais je n'en révélerai bien sûr rien à ses nouveaux lecteurs.

Allez, vas-y, mon cher père, raconte ! Raconte à tous ceux qui lisent ce livre maintenant.

Je n'allais revoir la Belle aux oranges que la veille de Noël, oui, la veille même de Noël, rends-toi compte. Et, cette fois-là, je lui parlai vraiment. Enfin, nous échangeâmes en tout cas quelques mots.

J'habitais alors dans un petit appartement d'Adamstuen avec un étudiant du nom de Gunnar. Mais le réveillon, j'allais le passer en famille, Humleveien. Il n'y avait que maman, papa et mon frère, c'est-à-dire oncle Einar. Einar a quatre ans de moins que moi et il était alors en dernière année de collège. C'était longtemps avant le déménagement de grand-mère et grand-père à Tønsberg.

J'avais presque renoncé à revoir la Belle aux oranges. Je me posais par ailleurs, non sans grande inquiétude, beaucoup de questions sur l'identité du type à la Toyota blanche. Et puis je me dis soudain que, pour une fois, j'allais faire un tour à l'office de Noël avant de rentrer Humleveien. J'étais encore si grisé par cette mystérieuse jeune fille que j'avais le pressentiment qu'elle aussi assisterait à un office de Noël avant de retrouver ceux avec qui elle réveillonnerait. (Qui était-ce d'ailleurs ? Oui, qui étaient-ils ?) Je me dis que c'était à la cathédrale qu'il était le plus vraisemblable que je la rencontre, ou le moins invraisemblable pour être plus précis.

Par mesure de précaution, je devrais peut-être souligner maintenant que rien de ce que je raconte à propos de la Belle aux oranges n'est inventé à des fins narratives. Les fantômes ne mentent pas, Georg, ils n'auraient rien à y gagner. Mais il est vrai que je ne raconte pas tout non plus. Qui s'est jamais lancé dans une entreprise aussi vaine ?

Nul besoin de faire ici l'inventaire de toutes mes tentatives infructueuses pour revoir la Belle aux oranges. Pendant des jours et des semaines, j'avais passé au peigne fin tout le quartier de Frogner, mais je m'abstiendrai d'en parler. Faute de quoi l'histoire serait bien trop longue et circonstanciée. Au moins quatre fois par semaine je m'étais promené longuement dans le parc de Frogner, et plus d'une fois j'avais cru l'apercevoir, sur le grand pont devant Parkkafeen ou en haut, au Monolithe, mais ça n'avait jamais été elle. J'avais poussé jusqu'à aller au cinéma dans le seul espoir de tomber sur elle par pure coïncidence. Je ne regardais même pas forcément tout le film. À la fin des publicités, comme la Belle aux oranges n'avait pas surgi, il m'arrivait de ressortir, peut-être d'acheter un billet pour un autre film. J'étais devenu un as de l'identification des films que j'imaginais susceptibles de lui plaire ; l'un d'eux s'intitulait *Le Tournant de la vie*, un autre était le film suisse *La Dentellière*. Mais évitons de broder sur ce genre d'épisodes.

Il n'est qu'un seul fil rouge dans ce récit, Georg, et ce sont les fois où j'ai vraiment rencontré la mystérieuse Belle aux oranges. Inutile de nous appesantir sur celles où je ne l'ai pas rencontrée. Tout comme il est sans intérêt de faire tout un plat de tous les bulletins de loto qui ne remportent pas la cagnotte. As-tu jamais entendu pareille histoire ? À quand remonte la dernière fois que tu as vu un journal ou un hebdomadaire parler de l'homme que le loto n'a jamais rendu millionnaire ? La situation est exactement la même. Le récit de la Belle aux oranges est comme l'histoire d'une gigantesque loterie dont seuls les bulletins gagnants sont apparents. Songe seulement à tous les bulletins de loto remplis en une semaine. Essaie de te les représenter dans une grande pièce, peut-être auras-tu besoin d'un gymnase entier. Puis vient l'élégant tour de magie qui fait disparaître tous les bulletins représentant des gains inférieurs à un million. Ils ne sont pas nombreux, ceux qui restent dans le grand gymnase, Georg. Et ce sont eux seuls que les journaux évoquent !

Nous sommes donc sur la piste de la Belle aux oranges à présent, c'est elle qui a capté notre attention, c'est d'elle seule qu'il s'agit dans cette histoire. Tout le reste, nous pouvons donc, pour cette fois, l'oublier. Nous tirons un trait sur toutes les autres personnes de la ville. Nous mettons toutes les autres femmes entre deux grandes parenthèses. C'est aussi simple que cela.

Je ne la vois pas avant d'être entré dans la cathédrale, mais je l'aperçois soudain tandis que l'organiste joue un prélude de Bach. Je suis frigorifié, j'ai chaud.

La Belle aux oranges est de l'autre côté de la nef centrale. Ce ne peut être qu'elle. À un moment de l'office elle se tourne et jette un œil sur le chœur qui chante un psaume de Noël. Elle ne porte pas son anorak orange aujourd'hui, elle n'a pas non plus de grand sac d'oranges sur les genoux. C'est Noël, rappelons-le. Elle est vêtue d'un manteau noir, sa chevelure est rassemblée sur sa nuque et maintenue par une solide barrette, qui semble être d'argent, oui, du plus pur argent de conte de fées ; cette barrette a-t-elle été forgée par les sept nains qui sans cesse sauvaient la vie de Blanche-Neige ?

Mais qui l'accompagne ? Un homme est assis à sa droite, mais à aucun moment ils ne se pencheront l'un vers l'autre. Bien au contraire, alors que l'office touche à sa fin, je vois l'homme assis à la droite de la Belle aux oranges se pencher sur sa propre droite vers une autre femme et lui chuchoter quelque chose à l'oreille. Je m'en souviens comme d'un beau mouvement. Un homme peut évidemment se tourner aussi bien vers la droite que vers la gauche, cela dépend de lui, mais cet homme-là se tourne donc vers la droite, dans la bonne direction diras-tu peut-être. J'ai le vague sentiment que c'est moi qui décide de la direction dans laquelle il se tourne.

À gauche de la Belle aux oranges est assise une vieille dame ronde, rien ne laisse penser qu'elles se connaissent, mais elles pourraient bien sûr s'être rencontrées un jour sur Youngstorget, car cette vieille dame a indéniablement des allures de femme des marchés ; peut-être ont-elles instauré cette sympathique tradition d'assister ensemble à l'office de Noël. Pourquoi pas, Georg ? Pourquoi ne le feraient-elles pas ?! La Belle aux oranges est la meilleure cliente de la femme des marchés, en tout cas la meilleure cliente pour les oranges. C'est pourquoi elle obtient aussi le rabais qui convient. Sept couronnes le kilo d'oranges du Maroc, ce n'est pas donné, mais la Belle aux oranges les a à six cinquante – même si elle met presque une demi-heure à remplir son sac de cet assortiment d'exemplaires différents.

Je n'entends pas ce que dit le pasteur, mais il parle probablement de Marie, de Joseph et de l'Enfant Jésus, il ne manquerait plus qu'il parle d'autre chose. Il s'adresse aux enfants, j'aime cela, c'est leur journée. J'attends seulement que l'office se termine. Puis le postlude s'achève, le bruit de l'église s'élève des bancs et je dois à tout prix veiller à ce que la Belle aux oranges sorte avant moi. Elle passe devant mon banc. Elle rejette un peu la tête en arrière, j'ignore si elle note ma présence. Mais elle est seule. Elle est plus belle encore que dans mon souvenir. C'est comme si tous les rayons de Noël s'étaient concentrés en une femme.

Ah ! Je suis seul à savoir que cette jeune dame est une Belle aux oranges pur jus, qui regorge en outre de secrets séduisants. Je sais qu'elle vient d'un autre conte, dont les règles n'ont rien à voir avec celles qui prévalent ici. Je sais qu'elle est une espionne dans notre réalité. Mais maintenant elle se tient dans la cathédrale comme l'une des nôtres et se réjouit avec nous de la naissance de notre Sauveur. C'est plutôt pas mal, je trouve cela généreux.

Je lui emboîte le pas. Quelques personnes s'attardent devant l'église pour se souhaiter un joyeux Noël. Mon regard est fixé sur la barrette d'argent magique sur la nuque de la Belle aux oranges. Dans le monde entier il n'existe qu'une seule Belle aux oranges, et c'est parce qu'elle est seule à être venue ici depuis l'autre réalité. Elle marche en direction de Grensen à présent et je la suis à quelques mètres de distance. Il s'est mis à neiger, des lambeaux gelés dansent en l'air. Je ne le vois qu'aux flocons humides qui se déposent sur la chevelure sombre de la Belle aux oranges. Elle va se mouiller les cheveux, me dis-je, j'aurais dû avoir un parapluie ou au moins un journal pour lui couvrir la tête.

C'est de la folie, je suis tout de même suffisamment lucide pour m'en rendre compte. Mais c'est la veille de Noël. Si le temps des miracles est révolu, il nous reste tout de même un jour magique où tout peut arriver. Tout. Les anges descendent du ciel en catimini et, l'air de rien, des belles aux oranges envahissent les rues.

Je la rattrape juste avant Øvre Slottsgate[1]. Je la dépasse d'un pas, me retourne et lance gaiement : « Joyeux Noël ! »

Elle est manifestement très surprise ou alors elle fait semblant de l'être, on ne peut jamais savoir ces choses-là. Elle sourit vaguement. Elle n'a pas l'air d'une espionne. Elle a l'air d'une fille que je donnerais n'importe quoi pour mieux connaître. Elle répond : « Joyeux Noël ! »

Maintenant elle sourit franchement. Nous nous remettons en route. Je ne crois pas qu'il lui déplaise que je continue de marcher à ses côtés. Je n'en suis pas tout à fait sûr, mais je crois que ça lui plaît. Je vois les contours de deux oranges qu'elle a cachées sous son manteau noir. Elles sont de taille et de rondeur parfaitement égales. Elles me rendent nerveux. Elles m'embarrassent. Je commence à être hypersensible aux formes rondes.

J'ai le sentiment de devoir ajouter quelque chose, faute de quoi il ne me restera plus qu'à prendre congé d'elle en prétextant que je suis pressé. Mais jamais je n'ai eu autant de temps devant moi. Je suis à la source du temps, j'ai échoué dans le sens

1. Rue haute du Palais royal (NdT).

de tous les temps. Je songe soudain à un vers du poète danois Piet Hein : « Celui qui jamais maintenant ne vit ne vit jamais. Et toi, que fais-tu ? »

Je vis maintenant, et il est temps, parce que je n'ai auparavant jamais vécu. Quelque chose en moi jubile. Sans avoir réfléchi, je dis :

– Donc tu ne vas pas au Groenland ?

Question stupide. Elle cligne des yeux.

– Je n'habite pas à Grønland[1], répond-elle.

Je me souviens soudain qu'il y a un quartier d'Oslo qui s'appelle Grønland. Je suis terriblement embarrassé, mieux vaut néanmoins poursuivre sur ma lancée. J'ajoute :

– Je voulais dire le désert de glace du Groenland. Avec huit chiens de traîneau et dix kilos d'oranges.

A-t-elle souri ou n'a-t-elle pas souri ?

C'est seulement à cet instant que je me rends compte qu'elle ne se souvient peut-être pas de moi après notre trajet en tram jusqu'à Frogner. Je suis déçu, c'est comme si je perdais pied, mais je suis aussi soulagé. Cela fait tout de même deux mois que j'ai renversé le grand sac d'oranges, nous ne nous étions jamais rencontrés auparavant, et toute cette comédie n'avait duré que quelques secondes.

Mais elle doit au moins se souvenir de moi au café à Karl Johan. Ou passe-t-elle son temps au café à tenir la main d'inconnus ? Cette idée m'est désagréable. Elle la rend suspecte. Même une vraie Belle aux oranges devrait se garder de répandre trop de bénédictions autour d'elle.

1. Orthographe norvégienne du Groenland (NdT).

– Des oranges ? répète-t-elle, elle sourit avec une chaleur presque méridionale, comme le siroco du Sahara.

– Précisément, assez pour un voyage à ski à deux au Groenland.

Elle s'arrête. J'ignore si elle souhaite poursuivre cette conversation. J'ignore si elle pense que je souhaite l'inviter à faire une traversée à ski risquée du Groenland. Mais elle me regarde de nouveau, ses yeux sombres zigzaguent entre les miens et elle me demande :

– C'est toi, n'est-ce pas ?

J'acquiesce, bien que je ne sois pas certain de savoir ce qu'elle m'a en fait demandé, car il est impossible que je sois le seul à l'avoir vue les bras pleins d'oranges. Mais elle ajoute – comme si elle se rappelait quelque chose :

– C'est toi qui m'as bousculée dans le tram de Frogner, non ?

J'acquiesce.

– Tu étais un vrai lutin.

Je réponds :

– Et maintenant le lutin voudrait se faire pardonner pour toutes les oranges que tu as perdues.

Elle rit de bon cœur, comme si c'était la dernière chose à laquelle elle aurait pensé. Elle incline la tête :

– Oublie ça. Tu étais tellement mignon.

Pardonne-moi de m'interrompre, Georg, mais je dois de nouveau te demander si tu peux m'aider à résoudre une énigme. Car tu vois bien que quelque chose ne collait pas là-dedans. La Belle aux oranges m'avait regardé avec des yeux si pleins de défi lors de ce malheureux trajet en tram, elle me dérobait presque mon regard. C'était comme si elle m'avait choisi parmi tous les passagers de ce tramway bondé, ou tout bonnement parmi tous les habitants de la terre. Puis, juste une semaine plus tard, elle m'avait laissé m'asseoir à sa table au café. Elle avait passé toute une minute à me regarder dans les yeux avant de mettre sa main dans la mienne. Dans cette main bouillait toute une potion magique de sentiments délectables. Ensuite nous nous revoyons quelques petites minutes avant que Noël ne sonne et elle ne se souvient pas de moi ?

N'oublions toutefois pas qu'elle venait d'un autre conte que le nôtre, donc d'un conte où des règles tout autres prévalaient. Car il existait deux réalités parallèles, l'une était celle avec le Soleil et la Lune, l'autre était le conte insondable dont la Belle aux oranges avait commencé d'ouvrir les portes. Et cependant, Georg, il n'y avait que deux possibilités : bien sûr qu'elle me reconnaissait parfaitement bien suite à ces deux épisodes, et peut-être aussi suite à Youngstorget, mais elle prétendait ne pas me reconnaître, elle faisait juste semblant de m'avoir oublié. C'était une première possibilité. La seconde était plus inquiétante. Écoute ça : cette fille n'était pas en parfaite santé, elle n'avait pas toute sa tête, comme on dit. Elle avait en tout cas de sérieux problèmes de mémoire. Peut-être était-elle incapable de se souvenir de quoi que ce soit d'un instant à l'autre, et c'était probablement le problème de tous les écureuils. Un écureuil se contente d'être dans le monde, tantôt ici, tantôt là. Car « Celui qui jamais maintenant ne vit ne vit jamais. Et toi, que fais-tu ? » Le turbulent jeu de la vie n'a pas de place pour les souvenirs et la réflexion, il se suffit largement à lui-même. Ainsi était la règle du conte dont provenait la Belle aux oranges. Désormais je savais d'ailleurs comment le conte s'intitulait : « Viens dans mon rêve. »

Mais d'un autre côté, Georg : j'ai depuis dû me confronter moi-même à la manière dont elle a pu me percevoir. Moi aussi j'étais resté à lui tenir la main et à la regarder au fond des yeux. Mais que fais-je quand nous nous revoyons après un office de Noël à la cathédrale ? Je dis « joyeux Noël », ce qui est raisonnable, mais je ne dis pas « j'ai passé un bon moment avec toi l'autre jour ». Non, je lui demande si elle n'est pas en route pour le Groenland ! Le désert de glace groenlandais, j'entends, avec un traîneau de huit chiens et dix kilos d'oranges. Que ne devait pas penser de moi la Belle aux oranges ? Peut-être croyait-elle que je souffrais d'un dédoublement de la personnalité.

Toujours est-il que nous parlions tous deux en même temps. Nous nous livrions à un jeu de balle complexe bien trop riche en règles. Nous tirions et tirions, mais aucun ballon n'atteignait les buts.

Et là, Georg, un taxi libre débouche soudain d'Akersgata dans un virage. La Belle aux oranges lève son bras droit, la voiture s'arrête et elle court dans sa direction...

J'en viens à songer à Cendrillon qui doit se hâter de rentrer du bal du château avant que minuit ne sonne, sinon le charme sera rompu. Je pense au prince qui reste seul sur le balcon du château, abandonné, abandonné.

Mais j'aurais dû comprendre que cela pouvait arriver. La Belle aux oranges devait bien sûr rentrer avant que Noël ne sonne. Car ainsi étaient les règles. Les Belles aux oranges ne virevoltaient pas dans les rues longtemps après que Noël avait sonné. Quel serait alors l'intérêt de sonner les cloches ? Les cloches d'église ne devaient-elles pas empêcher les jeunes gens d'être ensorcelés par quelque belle aux oranges ? Il était cinq heures moins le quart et je resterais bientôt seul à cette extrémité abandonnée par Dieu d'Øvre Slottsgate.

Je me livre à une réflexion rapide. Je ne dispose que d'une seconde pour faire ou dire quelque chose de si admirable que la Belle aux oranges se souviendra de moi pour toujours.

Je pourrais lui demander où elle habite. Je pourrais lui demander si nous allons dans la même direction. Ou je pourrais me dépêcher de sortir cent couronnes pour les dix kilos d'oranges, y compris trente couronnes de dommages et intérêts, je ne peux en effet pas savoir qu'elle a obtenu une réduction. Pour apaiser ma curiosité, je pourrais pour le moins lui demander pourquoi elle engrange ainsi de telles quantités d'oranges. Non que stocker de la nourriture soit tellement original. Mais pourquoi des oranges ? Pourquoi pas des pommes ou des bananes ?

L'espace de cette unique seconde, j'ai le temps de repenser à la traversée à ski du Groenland, à la famille nombreuse de Frogner, à la fête de fin de semestre et à son abondance d'entremets à l'orange – et au petit nourrisson, la petite Ranveig donc, qui est actuellement dans les bras de ce type baraqué qui lui sert de papa, lui qui à peine quelques semaines auparavant achevait ses études à BI, et a en outre été élu, il y a un mois, président du club des « Garçons bien ». Je ne crois pas que j'aie eu la force, cette fois-là, de rendre une nouvelle visite au bruyant jardin d'enfants. Tous ces enfants me rendaient nerveux.

Mais je ne parviens pas à trouver les mots justes, Georg, ils se bousculent, je ne sais lesquels choisir. Au moment où elle monte dans la voiture, je me contente donc de crier : « Je crois que je t'aime ! »

Mes paroles sont sincères, mais je les regrette à l'instant même où je les prononce.

Le taxi démarre. La Belle aux oranges n'est pas montée dedans. Elle a changé d'avis. Elle remonte lentement sur le trottoir, gracieusement portée par le poids de sa volonté, elle glisse sa main dans la mienne – quasiment comme si nous n'avions rien fait d'autre au cours des cinq dernières années que de nous tenir par la main – et hoche la tête pour signifier que nous pouvons reprendre notre marche. Mais elle me regarde et annonce :

– Si un autre taxi arrive, il faudra peut-être que je le prenne. On m'attend.

Mais oui, c'est sa brute de mari et son petit charmeur de nourrisson, me dis-je. Ou alors c'est une maman et un papa, le père est d'ailleurs pasteur – et peut-être est-ce lui qui a dit l'office de tout à l'heure –, quatre sœurs et deux frères, et puis ce petit chiot qui vit désormais dans l'appartement, le petit frère, celui qui s'appelle Petter, l'a obtenu à force d'insister. Ou alors c'est un explorateur du Groenland sec et lunatique ; sous le sapin il a déposé, soigneusement emballés, des moufles, des combinaisons, des raquettes, du fart et un dictionnaire danois-inuit/inuit-danois. Ce soir, la Belle aux oranges ne va évidemment pas à une fête de fin de semestre, pas plus qu'elle ne travaille au jardin d'enfants.

– Et bientôt Noël va sonner, dis-je. N'est-ce pas ? Tu ne peux pas rester en ville après.

Elle ne répond pas, elle se contente de me serrer la main avec force et tendresse – comme si nous planions en apesanteur dans l'espace, comme si nous nous étions repus de lait intergalactique et avions tout l'Univers pour nous seuls.

Nous avons dépassé le musée d'Histoire et sommes arrivés au parc du Palais royal. Je le sais, à tout instant un autre taxi risque d'arriver. Je le sais, les cloches des églises vont bientôt sonner l'appel à la célébration de Noël.

Je m'arrête et me place devant elle. Je caresse doucement ses cheveux mouillés et laisse ma main reposer contre sa nuque sur sa barrette en argent. Glaciale, elle me réchauffe néanmoins. Et dire que c'est moi qui la tiens !

Puis je lui demande :

– Quand pourrons-nous nous revoir ?

Elle garde les yeux rivés sur l'asphalte avant de me regarder. Ses pupilles se livrent à une danse agitée, j'ai l'impression que ses lèvres tremblent. Puis elle énonce une énigme sur laquelle je méditerai beaucoup à l'avenir. Elle demande :

– Combien de temps peux-tu attendre ?

Que pouvais-je répondre à cette question, Georg ? Peut-être était-ce un piège. Si je répondais « deux ou trois jours », je me montrerais bien trop impatient. Et si je répondais « toute la vie », elle croirait seulement que je ne l'aimais pas sincèrement, voire carrément que je n'étais pas sincère. Je devais donc trouver un juste milieu.

Je réponds :

– Je peux attendre jusqu'à ce que mon cœur saigne de chagrin.

Elle sourit avec incertitude. Elle passe un doigt sur mes lèvres.

– Et c'est combien de temps ?

Je secoue la tête, découragé, et choisis de lui livrer la vérité telle quelle :

– Cinq minutes, peut-être.

Elle est manifestement heureuse de ce que j'ai dit, mais répond en chuchotant :

– Ce serait bien que tu arrives à tenir un peu plus longtemps…

C'est à mon tour de la prier de me répondre.

– Combien de temps ?

–Il faut que tu arrives à m'attendre pendant six mois. Si tu parviens à attendre aussi longtemps, nous pourrons nous revoir.

Je crois que je soupire :

– Pourquoi aussi longtemps ?

La Belle aux oranges prend une mine sévère. C'est comme si elle devait se rendre dure :

– Parce que c'est exactement le temps que tu dois attendre.

Elle voit la déception s'abattre sur moi. Peut-être est-ce pourquoi elle ajoute :

– Mais si tu y arrives, nous pourrons passer ensemble chaque jour du semestre suivant.

Les cloches se mettent à sonner et c'est à cet instant seulement que je retire ma main de ses cheveux humides et de sa barrette en argent. Au même instant un taxi libre débouche de Wergelandsveien. Cela devait arriver.

Elle me regarde dans les yeux, comme si elle me demandait quelque chose, comme si elle sollicitait ma compréhension, elle me prie de faire appel à toutes mes facultés, à toute ma raison. De nouveau ses yeux s'embuent de larmes.

– Joyeux Noël, alors… Jan Olav ! bredouille-t-elle.

Puis elle s'élance dans la rue, hèle le taxi, monte dedans et agite une main enjouée. Mais l'air est saturé de destin. Lorsque la voiture accélère avant de bientôt disparaître, elle ne se retourne pas. Je crois qu'elle pleure.

J'étais dépassé, Georg. J'étais en état de choc. J'avais gagné un million au loto, mais cela n'avait duré que quelques petites minutes, car on avait découvert un défaut sur le bulletin et les gains ne pouvaient donc pas être versés, en tout cas pas dans l'immédiat.

Qui était cette Belle aux oranges suprasensible ? Cette question, je me l'étais souvent posée. Mais surgissait désormais une autre interrogation. Comment avait-elle su comment je m'appelais ?

Les cloches continuaient de sonner, celles de la cathédrale comme des autres églises du centre-ville, elles sonnaient la célébration de Noël. Les rues étaient désertes. C'est peut-être pour cette raison que je criai plusieurs fois, dans l'air de décembre, à voix haute, presque dans un chant : « Comment a-t-elle su mon nom ? » Une troisième question se faisait tout aussi pressante : pourquoi six mois devaient-ils s'écouler avant qu'elle ne me revoie ?

J'allais disposer de bien du temps pour méditer sur cette question. Les jours passant, je n'étais jamais à court de réponses possibles, j'ignorais juste laquelle se trouvait être la bonne. Je n'avais que quelques symptômes auxquels me raccrocher, mais à cette époque j'étais déjà un as de l'interprétation des signes, du diagnostic. Peut-être étais-je trop zélé. Je donnai ainsi naissance à de trop nombreuses théories parallèles.

La Belle aux oranges était peut-être vraiment gravement malade, il était possible que quelqu'un lui ait conseillé une stricte cure d'oranges pour y remédier. Peut-être allait-elle subir pendant tout le semestre un traitement médical désagréable en Amérique ou en Suisse, car chez nous nul ne pouvait lui être d'aucun secours. Elle avait en tout cas constamment les yeux embués de larmes, et particulièrement chaque fois qu'elle s'arrachait à moi. Mais elle avait aussi laissé entendre que nous nous verrions chaque jour du reste de l'année, donc de juillet à décembre. Je devais d'abord attendre la Belle aux oranges pendant six mois et ensuite je serais avec elle tous les jours des mois suivants. Cette perspective me transportait. En fait, ce contrat n'était pas mauvais du tout et, vu ainsi, je n'avais aucune raison de me plaindre. Cela signifiait en effet que nous nous verrions aussi souvent qu'un jour sur deux pendant l'année à venir. N'aurait-ce d'ailleurs pas été infiniment pire de nous voir d'abord chaque jour pendant six mois, puis plus jamais ?

Je venais d'entamer mes études de médecine, or il était connu que, dans leur empressement à interpréter les signes, dans leur inclination – presque celle des détectives privés – à établir des diagnostics, les étudiants en médecine développaient souvent une certaine hypocondrie, aussi bien à leur propre égard qu'à celui des autres. De même, il n'était pas non plus inhabituel que les étudiants en théologie se mettent à douter de leur propre foi, voire que les étudiants en droit adoptent un point de vue critique à l'égard du droit et des lois de leur pays. Dans un élan de stricte autodiscipline, j'essayai donc d'écarter l'idée que la Belle aux oranges était gravement malade et allait subir un traitement douloureux à l'étranger. J'avais plus qu'assez d'autres pistes à suivre.

Si malade que la Belle aux oranges puisse être, autant qu'elle puisse perdre la tête, cela n'offrirait pas, par exemple, de bonne explication au fait qu'elle connaissait mon nom. Et puis il y avait encore autre chose : pourquoi se mettait-elle à pleurer chaque fois qu'elle me voyait ? Était-ce moi qui la rendais si infiniment triste ?

Je pourrais ici me livrer à un récit débridé de tout ce que j'affabulai pendant les jours qui suivirent Noël. Je pourrais par exemple t'exposer tout ce que j'inventai au sujet de la famille nombreuse de Frogner. Ou encore me lancer dans une liste de toutes les réponses que je trouvai à la question de savoir pourquoi je ne pouvais pas revoir la Belle aux oranges avant six mois. L'une d'elles, peut-être caractéristique du genre, était que la Belle aux oranges était tout simplement trop bonne pour notre monde. C'est pourquoi elle était partie en toute confidentialité en Afrique pour y passer en contrebande de la nourriture et des médicaments pour les plus pauvres du grand continent, particulièrement dans les régions ravagées par la malaria et d'autres vilaines maladies. Une telle réponse n'aurait quoi qu'il en soit pas résolu l'énigme des oranges. Pourquoi pas, d'ailleurs ? Peut-être allait-elle les emporter en Afrique. Pourquoi n'y avais-je pas pensé ? Elle avait peut-être dépensé tout son argent pour affréter un avion Hercule.

Mais, Georg, nous nous sommes déjà promis que nous n'avions besoin de suivre que les vraies pistes menant à la Belle aux oranges. Si j'avais voulu partager avec toi toutes les idées et fantaisies que je formulai à son sujet, j'aurais dû passer une année entière devant l'ordinateur et, ce temps, je n'en dispose pas. C'est aussi simple que cela, même si je souffre d'y songer.

Alors pourquoi nous attarder sur ces cogitations ? Hormis le fait que la Belle aux oranges m'avait plusieurs fois regardé dans les yeux, deux fois tenu la main et une fois caressé les lèvres de son doigt, je ne pouvais réellement m'accrocher qu'aux rares mots que nous avions échangés. Il était donc essentiel de mettre de l'ordre dans ce que nous nous étions dit exactement. Je ne tardai pas à établir une liste de répliques et j'essayai d'empêcher ma tête de les interpréter.

Et toi, Georg ? Peux-tu : 1) M'expliquer pourquoi elle achetait tant d'oranges ? 2) Me dire pourquoi elle avait plongé son regard dans le mien et m'avait pris la main au café sans prononcer ne serait-ce qu'un seul mot ? 3) Répondre à la question de savoir pourquoi elle étudiait chaque orange qu'elle achetait sur Youngstorget, s'efforçant probablement d'éviter que deux d'entre elles aient exactement le même aspect ? 4) Découvrir un signe indiquant pourquoi nous ne pourrions pas nous voir avant six mois ? Et 5) résoudre la plus grande de toutes les énigmes, à savoir comment elle avait su mon nom ?

Si tu parviens à résoudre ce rébus, tu seras aussi probablement en bonne voie pour répondre à la plus importante de toutes les questions : qui était la Belle aux oranges ? L'une des nôtres ? Ou venait-elle d'une tout autre réalité, peut-être d'un autre monde dans lequel elle devait passer un semestre avant de revenir ici et de s'installer chez nous ?

Je ne parvenais pas à interpréter les signes, Georg. Je ne parvenais pas à établir de diagnostic.

Peu après que la Belle aux oranges était partie en remontant Wergelandsveien[1], un autre taxi arriva, je le hélai. Je rentrai Humleveien fêter Noël en famille.

Cet hiver-là, Einar avait une seule et unique passion, faire du ski de piste à Tryvannskleiva. Je lui avais acheté de beaux gants de ski et me réjouissais de le voir les déballer après le repas de Noël. J'avais en outre acheté une boîte de pâtée de luxe pour son chat. Maman allait recevoir un recueil de poésie en suédois de Finlande qui avait beaucoup fait parler de lui. *Histoires d'amour de ce siècle* de Märta Tikkanen. À papa j'avais acheté un premier roman, *Ex-Æquo* d'Erling Gjelsvik. Je l'avais récemment lu moi-même et je pensais qu'il lui plairait peut-être. Mais il y avait autre chose aussi : je caressais à l'époque le rêve d'écrire un jour quelque chose. C'était probablement pourquoi je trouvais particulièrement intéressant de lui offrir un livre de ce jeune auteur.

À cette époque, c'était moi qui dormais dans la petite chambre au fond du salon. Aujourd'hui c'est ta chambre, en tout cas à l'instant où j'écris. En ce qui concerne l'instant où tu lis, je n'en sais rien du tout.

1. Le chemin de Wergeland (NdT).

Je ne te ferai pas le récit du réveillon de Noël de cette année-là, conformément aux lignes directrices que nous avons tracées. Je révélerai seulement que je ne fermai pas l'œil de la nuit, la veille de Noël.

Je n'avais lu que la moitié de la longue lettre de mon père, mais je devais maintenant aller aux toilettes. C'était ma faute. C'était évidemment à cause de tout ce Coca que j'avais bu.

Zut ! ai-je pensé. J'étais obligé de traverser le salon, l'antichambre et l'entrée avec, de toutes parts, des regards curieux braqués sur moi. Je crois que c'est ce que l'on appelle « passer par les baguettes ». Mais je n'avais pas le choix.

J'ai ouvert la porte, laissé le texte sur mon lit et refermé ma chambre. J'ai mis la clef dans ma poche.

Ils sont tous aussitôt arrivés. Je me suis efforcé de feindre l'indifférence face à tous ces regards interrogateurs.

– Tu as déjà terminé ? s'est enquise maman.

Elle semblait s'être muée en un grand point d'interrogation. Qu'avais-je donc lu ?

– Était-ce un peu triste ? a ajouté Jørgen.

Il fallait toujours qu'il ait en quelque sorte pitié de moi parce que mon père était mort, même s'il avait toujours fait de son mieux pour bien le remplacer. Passons, peut-être était-ce même cool ainsi. Mais il ne pouvait pas à la fois avoir pitié de maman qui avait perdu son mari et prendre la place de ce même homme, sans parler de son lit. Je crois que, au fond, Jørgen était content que mon père soit mort. Sinon il n'aurait pas eu maman.

Sinon il n'aurait pas eu Miriam. Et puis tant que nous y sommes : il ne m'aurait pas eu moi. Il y a quelque chose qui s'appelle : « Le malheur des uns fait le bonheur des autres. »

J'ai noté qu'il s'était servi un grand verre de whisky. Il lui arrive d'en boire un, mais seulement le vendredi ou le samedi. Nous étions lundi.

Je ne crois pas qu'il éprouvait de gêne particulière à se tenir ainsi dans le salon avec ce verre généreux, ce n'est en tout cas pas pour cette raison que je le mentionne. Mais peut-être était-il un peu ennuyé que je m'enferme dans ma chambre pour lire un texte que mon vrai père m'avait écrit juste avant de mourir, longtemps avant qu'il n'y ait de Jørgen à la maison. Lorsque j'étais plus petit, il m'arrivait de qualifier Jørgen d'« immigré ». C'était puéril. C'était juste pour l'embêter.

– Ou il te reste encore de la lecture ? a demandé grand-père.

Il avait allumé un cigare. Il avait tout compris.

– Je n'ai lu que la moitié. Il faut que j'aille aux toilettes.

– Mais est-ce que ce que tu lis te plaît *? a insisté grand-mère.*

– Sans commentaire ! ai-je déclaré.

C'est ce que les politiques disent aux journalistes quand ils ne veulent pas répondre à une question difficile.

Le point commun entre les journalistes et les parents, c'est leur curiosité. Et le point commun entre les politiques et les enfants, c'est qu'on leur pose sans cesse des questions délicates auxquelles il n'est pas toujours très facile de répondre.

L'heure est peut-être venue de présenter plus avant ceux qui font partie de ce récit ; je commencerai par maman, puisque c'est tout de même elle que je connais le mieux.

Maman a un peu plus de quarante ans, je dirais qu'elle est une femme mûre et indépendante, elle n'a en tout cas pas peur de dire ce qu'elle pense. Elle est aussi « maternelle », et là je ne songe pas uniquement à la manière dont elle s'occupe de Miriam. Elle me câline un peu trop moi aussi, parfois elle me parle comme si j'avais deux ou trois ans de moins qu'en réalité. En règle générale, je me contente de passer outre, mais parfois ça me déprime carrément, par exemple quand je rentre avec des amis de l'école. C'est exactement comme si elle aimait démontrer à mes copains que je suis son petit garçon, bien que, en l'occurrence, je mesure quelques centimètres de plus qu'elle. Un jour que je jouais aux échecs dans le salon avec l'un de mes amis, Martin, elle est arrivée vers le canapé avec une brosse à cheveux et a entrepris de me coiffer ! Là, je lui ai clairement signifié ce que je pensais. Je n'aime pas me mettre en colère contre maman – et cette fois-là, je n'étais pas seulement en colère, j'étais fou de rage –, mais je devais tenir compte de la présence de Martin, je devais montrer à Martin que j'étais capable de fixer des limites. Maman a filé dans la cuisine, mais vingt minutes plus tard elle est arrivée avec du chocolat chaud et du pain brioché aux raisins et aux fruits confits. Martin a sifflé avec enthousiasme, mais après ce qui s'était passé, je trouvais vraiment embarrassant qu'elle nous serve de la sorte. Un peu plus et je m'élançais dans la cuisine voir s'il y avait des bières au frais. Je me disais que, si je n'en trouvais pas, je savais au moins où était la bouteille de whisky de Jørgen. Par bonheur, Martin a le sens de l'humour, et par la suite nous avons évidemment discuté de ce qui s'était passé. Je crois que son respect pour maman s'est un peu renforcé lorsque je lui ai raconté que maman gagnait sa vie en enseignant à l'Académie nationale des Beaux-Arts. « Donc si un nouveau Picasso fait surface, tu sauras de qui ça lui vient », ai-je expliqué. Après ce qui s'était passé, c'était dans mon propre intérêt de la revaloriser un peu.

C'est difficile de décrire sa propre mère, en tout cas quand il s'agit de ses goûts, de ses travers et tout ça, mais il en est un qui se remarque particulièrement. Maman est dingue de réglisse, de toutes les formes de réglisse, j'entends. Partout je trouve des bonbons gélifiés à la réglisse, des boîtes de Fazer et des confiseries anglaises. Dernièrement, elle s'est en effet mise à manger de la réglisse en cachette parce que Jørgen et moi avons pris le problème en main et l'avons obligée à faire face à cette mauvaise habitude. Jørgen pense que manger de la réglisse favorise l'hypertension, et c'est probablement exagéré, mais nous en sommes arrivés au point que maman m'a fait promettre de ne pas le répéter à Jørgen quand nous allons en ville et qu'elle s'achète un gros paquet de bonbons gélifiés à la réglisse ou de confiseries anglaises.

Si je devais définir le point fort de maman en deux mots, je dirais « bonne humeur ». Mais il faut aussi ajouter que son point le plus faible est la « mauvaise humeur ». Il est rare que je fasse l'expérience de nuances entre ces deux extrêmes. En règle générale, maman est vraiment de très bonne humeur, mais parfois elle est carrément grincheuse. Elle est donc toujours d'une humeur, elle n'est jamais « entre les deux ». La phrase préférée de maman est : « Maintenant on joue un peu aux cartes avant d'aller se coucher. »

Et puis il y a donc Jørgen. Il ne mesure que cent soixante-dix centimètres, exactement comme maman ; pour un adulte il n'est donc pas précisément un grand bonhomme. Beaucoup considéreraient cela comme un handicap, et ce ne serait alors pas le seul dont il soit affligé, puisque, en plus, il est roux. Il a le teint pâle et ne bronze jamais l'été, il devient alors rose et prend des coups de soleil ; même sur les bras, ce type a des poils roux. Et j'ai donc déjà dit qu'il était une bête de mode, voire un peu coquet. Tous les hommes n'ont pas trois déodorants et quatre après-rasage différents sur la tablette de leur salle de bains. Tous n'auraient pas non plus osé se promener en ville avec un foulard en soie noir et une veste en poil de chameau beige clair. Jørgen, si. Le pire c'est que ça lui va bien.

En dépit de tout cela, Jørgen travaille comme inspecteur à la Kripos, la police criminelle ! Il passe son temps à nous rappeler qu'il est soumis au

« devoir de réserve », mais ne parvient pas toujours à tenir sa langue. Il est arrivé au moins une ou deux fois que je sois au courant de certains aspects importants d'une grande affaire criminelle avant que les journaux n'en fassent état. Il a confiance en moi. C'est une belle qualité. Jørgen sait que je ne crie pas les secrets de la police sur tous les toits.

Jørgen est le genre de type qui a du mal à mettre son avis au placard. Il n'obtient toutefois pas toujours gain de cause. Il y a quelque temps, nous sommes allés chez Ikea acheter une nouvelle armoire pour ma chambre. (J'avais eu droit à un certain nombre de récriminations au sujet de l'éparpillement de mes vêtements dans toute la maison, ce qui pour le moins est une exagération, puisque je n'ai jamais laissé ne serait-ce qu'une chaussette au premier étage. Il est vrai que je n'y mets quasiment jamais les pieds.) Monter l'armoire Ikea nous a pris un après-midi entier, il nous a ensuite fallu toute la soirée pour choisir son emplacement. Jørgen voulait en effet que l'armoire soit contre le mur derrière la porte, mais je n'étais absolument pas d'accord. Je voulais que l'armoire soit à côté de la fenêtre, même si elle prenait ainsi un demi-centimètre de vue. Je lui ai rappelé que j'avais vécu dans cette maison plus longtemps que lui et que je ne voyais pas l'intérêt d'avoir une armoire qui ne pouvait pas être ouverte quand la porte du salon n'était pas fermée. Je ne me suis pas laissé démonter et l'armoire est là où je la voulais, mais il a attendu presque vingt-quatre heures avant de m'adresser la parole à nouveau, et lorsqu'il l'a finalement fait il prenait manifestement sur lui.

Le point le plus fort de Jørgen est sans doute qu'il est prêt à employer tout son temps libre pour faire de moi un sportif. Tous les hommes naissent avec des muscles, a-t-il coutume de dire, mais les muscles sont faits pour être utilisés. Son point le plus faible est certainement qu'il refuse d'accepter que j'aie d'autres projets que de devenir un sportif. Je ne crois pas qu'il apprécie particulièrement que je répète et répète encore la Sonate au clair de lune. *La réplique préférée de Jørgen est sans l'ombre d'un doute : « C'est l'état d'esprit qui compte ! »*

Avant de dire quoi que ce soit au sujet de grand-mère et de grand-père, je dois souligner que je les connais très bien, en tout cas aussi bien que Jørgen, parce que, au cours des années, j'ai passé beaucoup de temps chez eux, à Tønsberg. J'étais particulièrement souvent chez grand-mère et grand-père à l'époque où maman et Jørgen ont commencé à vraiment sortir ensemble. Je n'avais alors que dix ans. Je ne crois pas que maman et Jørgen auraient réussi à devenir de vrais amoureux s'ils n'avaient pas eu la possibilité de me placer hors de la maison quelques jours, quelques semaines de suite. Je ne le dis pas pour me plaindre, bien au contraire. J'ai toujours aimé aller à Tønsberg. Et puis je me félicite que maman et Jørgen aient eu la présence d'esprit de m'épargner la première phase de leur relation, à savoir l'étape « flirt ». J'avais suffisamment de choses auxquelles m'adapter comme ça. Un jour que j'étais monté au premier étage leur dire bonne nuit, je les ai surpris à s'embrasser sous la couette. Cela m'a déplu, donc j'ai tourné les talons et je me suis faufilé dans l'escalier. J'aurais peut-être réagi autrement si Jørgen avait été mon vrai père. Et peut-être pas. En fait, ce n'est pas que je trouvais cela particulièrement dégoûtant, mais ils auraient tout de même pu fermer la porte de leur chambre. Ils auraient pu me prévenir qu'ils montaient se coucher. Cela m'aurait évité de me sentir aussi bête. Cela m'aurait évité de me sentir aussi seul.

Grand-mère aura bientôt soixante-dix ans, elle a été professeur de chant pendant presque toute sa vie. Elle adore toutes sortes de musiques, mais par-dessus tout elle aime Puccini. Grand-mère considère comme la mission de sa vie de me faire aimer La Bohème, *mais honnêtement je trouve l'opéra italien trop sirupeux, et* La Bohème, *cet authentique mélange d'amour et de tuberculose, ne fait pas figure d'exception. Grand-mère est aussi une grande amoureuse de la nature, particulièrement des oiseaux. Elle est dingue de tous les fruits de mer et en a même inventé sa propre salade qu'elle appelle la « salade de Tønsberg » (crevettes, chair de crabe et boulettes de poisson en ingrédient original). Chaque automne elle m'emmène à Tjøme pour cueillir des champignons. Point fort : grand-mère connaît le nom de tous les oiseaux et sait exactement où ils nidifient. Point faible : elle est (hélas) incapable de cuisiner sans chanter une aria de Puccini. Je n'ai pas essayé de la guérir de cette habitude, honnêtement je n'ai pas osé courir ce risque, car grand-mère fait de la très bonne cuisine. Réplique de prédilection : « Viens t'asseoir, Georg, nous allons parler un peu tous les deux. »*

Avant de prendre sa retraite, grand-père travaillait comme météorologue et il n'a pas encore renoncé à ce centre d'intérêt, puisqu'il achète VG[1] *tous les jours dans le seul but de commenter les prévisions météorologiques de Siri Kalvig[2]. Il fume le cigare, mais seulement dans les grandes occasions, selon lui. Apparemment il considère comme une grande occasion chacune de mes visites à Tønsberg et chacune de nos sorties en bateau. C'est un type très enjoué et plaisantin, pour ne pas dire pétillant, et il n'a jamais peur de dire ce qu'il pense. S'il trouve la coiffure de grand-mère moche, il n'hésite pas à lui en faire part. Mais il n'hésite pas non plus à le lui dire quand il la juge seyante. Grand-père passe la moitié de la belle saison sur son hors-bord et le reste dans ses journaux. Parfois il écrit des chroniques dans le journal* Tønsberg Blad, *et à Tønsberg on pourrait peut-être le qualifier de célébrité. Point fort : grand-père est une vraie brute en mer. Point faible : il semble parfois se prendre pour le roi de Tøns-*

1. *Verdens Gang* (la marche du monde), tabloïd à très grand tirage (NdT).

2. Météorologue qui a créé sa propre société de prévisions, venant ainsi faire concurrence à l'institut national de météorologie. Elle est appréciée des lecteurs et téléspectateurs tant pour la qualité de ses prévisions que pour son charme, mais s'est au début attiré les foudres de météorologues plus « traditionnels », qui mettaient en doute ses compétences (NdT).

berg. Réplique de prédilection : « Nous autres, les riches, nous vivons bien ! »

Oncle Einar aussi a été mentionné une ou deux fois. C'est drôle de lire qu'il avait le même âge que moi l'automne où mon père a rencontré la Belle aux oranges. Aujourd'hui il est officier de pont sur un gros cargo. Il n'est pas marié, mais la rumeur veut qu'il ait une fiancée dans chaque port (à un moment je le soupçonnais d'en avoir une à bord aussi. Une certaine « Ingrid » a en tout cas navigué avec lui pendant à peu près six mois avant de débarquer subitement). Il m'a promis plusieurs fois que je pourrais l'accompagner à l'étranger sur son navire, mais ce sont sûrement des paroles en l'air, parce qu'il n'en a jamais rien été. Point fort : vraisemblablement l'oncle le plus cool de Norvège. Point faible : ne tient jamais ses promesses. Réplique de prédilection : « Tu n'es même pas encore allé en mer, homme ! »

Il ne reste qu'une seule personne à décrire, et c'est la plus difficile, puisque c'est Georg Røed. Je mesure un mètre soixante-quatorze, donc quatre centimètres de plus que Jørgen. Je ne crois pas qu'il s'en réjouisse particulièrement, mais il est aussi concevable qu'il soit au-dessus de ça (!). Je suis à l'intérieur de ce garçon et je ne peux donc pas le voir se mouvoir dans l'espace. Il m'arrive néanmoins de le voir face à face, les rares fois où je passe devant un miroir. Cela pourra sembler prétentieux, mais j'avoue que j'appartiens à cette partie de la population qui est à peu près satisfaite de son apparence. Je ne dirais pas que je suis beau, mais je ne suis en tout cas pas très laid. Ici, il convient toutefois de rester sur ses gardes. J'ai lu quelque part que plus de vingt pour cent des femmes pensaient faire partie des trois pour cent de plus belles femmes du pays, et ce calcul ne fonctionne évidemment pas. J'ignore combien de personnes estiment faire partie des trois pour cent de plus laides, mais ce doit être épouvantable d'être insatisfait de ce que l'on est pendant toute sa vie. J'espère sincèrement que Jørgen ne passe pas son temps à regretter de ne mesurer que cent soixante-dix centimètres des pieds à la tête. Je me le suis parfois demandé, mais je n'ai jamais osé lui poser la question directement.

Ce que je connais de plus approchant en matière de soucis d'apparence, c'est que je commence à avoir des boutons disgracieux sur le front, et ça ne me console guère de savoir qu'ils partiront dans quatre ou huit ans. Jørgen affirme qu'ils disparaîtront peut-être après quelques bons joggings avec lui, mais je ne marche pas. D'ailleurs c'était idiot de me dire ça, parce que maintenant je n'ai vraiment plus envie de m'y mettre. Jørgen croirait que je me suis mis à courir pour me débarrasser de mes boutons.

J'ai hérité des yeux bleus de mon père, je suis blond, j'ai la peau très claire, mais très bronzée en été. Point fort : Georg Røed appartient à cette partie de la population mondiale qui en l'occurrence a compris que nous vivions sur une planète de la Voie lactée. Point faible : pas très bon dragueur. Ça ne m'aurait pas dérangé d'être un peu plus offensif de ce côté-là. Réplique de prédilection : « Oui, merci, les deux. »

Après mon passage à la salle de bains, j'ai de nouveau dû traverser le salon, mais aucun des adultes n'a pipé mot. Ils s'étaient manifestement mis d'accord pour ne pas le faire. J'ai ouvert la porte de ce qui un jour avait été la chambre de mon père, l'ai fermée à clef et me suis jeté sur le lit. J'allais bientôt apprendre qui était cette mystérieuse Belle aux oranges. À condition qu'il la revoie, bien entendu. Peut-être était-elle une sorcière. Elle avait en tout cas réussi à l'envoûter. Il devait exister une raison pour que ça lui tienne tant à cœur de me parler d'elle. Il y avait manifestement quelque chose que je devais savoir, une chose que mon père devait à tout prix me raconter avant de mourir.

Je n'avais pas encore renoncé au sentiment que, d'une manière ou d'une autre, la Belle aux oranges avait un rapport avec le télescope Hubble, en tout cas avec l'Univers et l'espace. Mon père avait écrit quelque chose de curieux, qui m'avait remis ces idées en tête : « Elle se contente de me serrer la main avec force et tendresse – comme si nous planions en apesanteur dans l'espace, comme si nous nous étions repus de lait intergalactique et avions tout l'Univers pour nous seuls. »

La Belle aux oranges venait-elle d'une autre planète ? Il faisait en tout cas allusion au fait qu'elle venait d'un autre monde. Venait-elle d'un ovni ? Sûrement pas, je ne croyais pas à ces histoires, et mon père certainement pas non plus. Mais peut-être le croyait-elle elle-même ! Ce serait presque aussi grave.

Hubble fait le tour de la terre en quatre-vingt-dix-sept minutes, à une vitesse de vingt-huit mille kilomètres/heure. À titre de comparaison, le premier train à vapeur reliant Christiania à Eidsvoll mettait deux heures et demie pour parcourir ce trajet de soixante-huit kilomètres. J'ai calculé que la vitesse moyenne était d'environ vingt-huit kilomètres/heure. Hubble va donc mille fois plus vite que le premier train de Norvège (mon prof a trouvé la comparaison originale !).

Vingt-huit mille kilomètres/heure ! Là, on peut parler de planer en apesanteur dans l'espace ! Là, on peut peut-être aussi parler de se repaître de « lait intergalactique », en tout cas quand à tout moment sont photographiées des galaxies à des millions d'années-lumière de la Voie lactée.

Hubble a deux ailes avec des panneaux solaires. Elles mesurent douze mètres de long, deux et demi de large et alimentent le satellite avec trois mille watts. Mais les deux tourtereaux de la cathédrale n'avaient pas été assis chacun sur une aile de Hubble, ni eu l'Univers entier pour eux seuls avant de dépasser le musée d'Histoire et d'arriver au parc du Palais royal. Enfin, qui sait, peut-être étaient-ils au septième ciel.

J'ai soulevé la pile de feuilles et repris ma lecture.

Je n'essayai pas de retrouver la Belle aux oranges entre Noël et le nouvel an. L'heure était à la trêve des confiseurs. Mais lorsque janvier fut entamé mes recherches reprirent de plus belle. J'étais en grande forme.

Je fis plusieurs centaines de tentatives pour retrouver sa trace, en vain, je n'ai donc rien à en rapporter. Je suis sûr que tu es maintenant habitué au rythme et à la logique de ce récit.

Je vais néanmoins faire une exception, qui concerne un aspect important que j'ai oublié de rappeler dans ma petite liste des énigmes que tu dois résoudre. Le vieil anorak, Georg ! Qu'en était-il ? C'était, entre autres, lui qui m'avait donné l'idée de cette harassante expédition à ski au Groenland. C'était lui qui m'avait rapidement donné à penser que la Belle aux oranges pouvait être très pauvre. Mais avant tout il était naturellement le signe qu'elle aimait la vie de plein air.

Mes promenades à ski furent nombreuses cet hiver-là, et c'est peut-être notamment tout ce ski de fond dans la campagne et la forêt d'Oslomarka et à la montagne qui a contribué à ce que, pendant quelques mois, mon corps tienne cette maladie agressive à quelque distance. Je ne te parlerai pas ici de ces promenades, parce que je ne la vis jamais dans la forêt, ni sur les pistes ni aux haltes de Kikut, Stryken ou Harestua. Mais, début mars, le dimanche de Holmenkollen[1] approchait. La perspective de l'imminence de cette compétition de saut à ski me rendit tout joyeux. C'était comme si toutes les pièces trouvaient leur place, comme si le puzzle

1. Compétiton annuelle de saut à ski (NdT).

était complet. C'était comme d'avoir trouvé tous les bons résultats au loto sportif et de n'avoir plus qu'un match, pour lequel j'avais coché deux croix sur la ligne.

Le dimanche de Holmenkollen, quand il fait beau, plus de cinquante mille personnes se réunissent à Kollen. C'est donc un pourcentage significatif de la population d'Oslo qui se rend sur les hauteurs ce jour-là. Mais quel est, à ton avis, le pourcentage de ce pourcentage de la population qui porte constamment de vieux anoraks ? On ne doit pas être loin des cent pour cent, si tu veux mon avis.

J'allai donc à Holmenkollen ce dimanche-là, le temps n'était pas si mal, deux croix étaient cochées sur la ligne de mon bulletin. J'avais plus de cinquante mille chances de rencontrer la Belle aux oranges et je peux te promettre une chose : en ce dimanche de mars, les vieux anoraks ne manquaient pas sur le toit d'Oslo, ils étaient tous là. Un dimanche de Holmenkollen est comme un eldorado pour les vieux anoraks, ils y sont déclinés dans toutes les couleurs de la palette du délavé. Je n'accordai donc pas le moindre coup d'œil au tremplin, j'étais plus qu'occupé à examiner tous les anoraks. Je crus apercevoir la Belle aux oranges plusieurs fois et chaque fois un véritable rugissement de *kollen*[1] sourdait dans ma poitrine, mais jamais ce n'était elle. À une ou deux occasions, je vis aussi la féerique barrette en argent, mais ce n'était pas la sienne.

1. Cri de ralliement des spectateurs de cette compétition (NdT).

Elle n'était pas là, Georg. C'était vrai comme deux et deux font quatre. Et c'est la seule chose que je notai. Je ne sus pas même qui l'avait emporté. Je ne remarquai rien d'autre en ce dimanche de Holmenkollen que l'absence de la Belle aux oranges. Je ne voyais que ce qui n'existait pas.

Depuis je ne suis allé à Holmenkollen qu'une seule fois, je ne sais pas si ça te rappelle quelque chose. Est-il envisageable que tu aies un vague souvenir de ce que nous avons vécu ensemble lorsque tu avais à peine trois ans et demi ?

Cette année, c'est toi et moi qui étions en bas à regarder tous les sauteurs à skis. Le temps était très particulier en ce jour de mars. Le fœhn, rare dans nos contrées, soufflait sur le pays et avait apporté des températures quasi estivales. Toute la neige de la grande compétition de saut avait dû être transportée à travers la moitié de la Norvège, depuis la haute montagne de Finse, pour être plus précis. Cette année, c'est Jens Weissflog qui a gagné la médaille d'or. C'était une franche déception pour le public norvégien, mais pas une très grande surprise, puisqu'il avait déjà arraché la victoire l'an dernier.

Je vais te confier un petit secret. Même quand nous étions tous les deux à Holmenkollen en ce doux jour de mars, il y a presque six mois, je me suis presque surpris à chercher la Belle aux oranges du regard. Plus de dix ans s'étaient écoulés, mais la déception restait ancrée en moi.

Je suis pressé, mon garçon. Mais ce n'est pas uniquement pour cette raison que je saute quelques semaines, c'est parce que si je ne le faisais pas, je n'aurais rien à raconter.

Fin avril je trouvai soudain une jolie carte postale dans la boîte aux lettres. C'était un samedi où je rendais visite à maman et papa, Humleveien. La carte n'avait donc pas été envoyée à Adamstuen où je vivais depuis quelques mois avec Gunnar, mais elle m'était adressée.

Écoute : au recto, la photo d'une féerique plantation d'orangers et l'inscription PATIO DE LOS NARANJOS en majuscules, c'est-à-dire quelque chose comme « l'Orangeraie » – j'étais tout de même en mesure de comprendre ces quelques mots d'espagnol. Je t'ai déjà dit que j'étais fort en interprétation des signes.

L'Orangeraie ! Mon cœur se mit à palpiter dans ma poitrine. Il y a quelque chose qui s'appelle la tension, Georg. Dans des situations extrêmes, elle peut grimper violemment, d'un seul coup. Mais ne laisse pas ce phénomène te tenir à l'écart des grands moments et des sensations fortes. C'est en effet un état totalement bénin (j'espère cependant que tu ne te mettras jamais au Deltaplane ou au saut en parachute. Évite en tout cas le saut à l'élastique !).

Je tournai la carte. Le cachet était de Séville et le seul texte : « J'ai pensé à toi. Peux-tu attendre encore un peu ? »

Rien de plus, pas de nom, pas d'adresse de l'expéditeur non plus. Mais sur la carte était peint un visage – et c'était son visage à elle, Georg, son minois d'écureuil. Il semblait peint par un artiste, un grand artiste même.

Au fond je n'étais pas très surpris. Bien sûr que la Belle aux oranges se trouvait dans l'Orangeraie, évidemment. Elle était tout bonnement partie dans son propre royaume de reine, au Pays des oranges lui-même. Cela ne concordait que trop bien avec toutes mes représentations. L'Enfant Jésus n'était-il pas lui aussi resté au temple pour être dans la maison de son père ?

Plus rien n'était difficile à comprendre. Toutes les énigmes étaient résolues. Toutes les patiences réussies. Là-bas la Belle aux oranges pouvait respirer pendant six mois et cultiver l'intérêt exigeant, presque artistique, qu'elle portait à la diversité des oranges avant, je l'espérais, d'être en mesure de se libérer et de respecter le pacte qu'elle avait conclu de me voir tous les jours du reste de l'année. Ensuite elle devrait peut-être repartir de nouveau pour respirer, mais ce serait une autre paire de manches.

J'exultais, mon cerveau se prit à surproduire une substance que nous qui avons étudié la médecine appelons les endorphines. Il existe un mot particulier pour désigner cette excitation presque maladive. Nous disons que le patient est euphorique. C'est dans cet état que je me trouvais. Il en résulta que je courus dans le jardin d'hiver retrouver maman et papa, elle dans le fauteuil à bascule vert, lui dans la vieille chaise longue, plongé dans le journal du samedi. Je me précipitai dans la pièce et annonçai que j'allais me marier. Oui, c'est ce que je leur dis, je leur expliquai que j'avais l'intention de me marier. J'aurais dû m'en abstenir, puisque à peine un quart plus tard la descente commençait. Mon cerveau avait complètement cessé sa production d'endorphines et mon euphorie était retombée. Je ne comprenais rien. Je comprenais moins que jamais.

La Belle aux oranges avait déjà révélé qu'elle connaissait mon prénom. Il apparaissait maintenant qu'elle connaissait aussi mon nom de famille. Plus, Georg, plus : au Pays des oranges elle avait donc eu l'adresse de la maison de Humleveien. Qu'est-ce que tu dis de ça, hein, tu y crois ? C'était joli, d'une certaine manière c'était beau d'y songer, quelle que soit l'explication de cette énigme. Mais n'était-ce pas aussi amer qu'elle se soit rendue jusqu'en Espagne sans même avoir pris la peine de le mentionner pendant ces magiques minutes où nous avions marché main dans la main vers le parc du Palais royal, avant que Noël sonne et que Cendrillon doive se jeter dans son carrosse, quelques secondes avant sa transformation en citrouille ?

Cela remontait maintenant à trois mois et demi et à, au bas mot, vingt-cinq promenades à ski, sans parler des opérations de recherche.

Ou la Belle aux oranges était-elle aussi allée au Maroc, en Californie et au Brésil ? Aujourd'hui l'orange est une plante d'utilité planétaire, Georg, si tu veux mon opinion, elle aurait depuis longtemps dû être canonisée comme le fruit le plus important de la nature. La Belle aux oranges était peut-être, dans le plus grand secret, agent de l'Inspection des oranges des Nations unies (UNIO). Une nouvelle et dangereuse maladie des oranges aurait-elle fait son apparition ? Était-ce pour cette raison qu'elle allait sans cesse sur Youngstorget examiner l'état de santé des oranges ? Était-ce pour cette raison qu'elle prélevait des échantillons hebdomadaires ?

Peut-être avait-elle poussé jusqu'en Chine. J'avais depuis longtemps découvert que l'orange était à l'origine une « orenge de Chine ». C'était de ce pays que provenait ce fruit. Mais si la Belle aux oranges était partie en pèlerinage en Chine, où un jour s'était épanouie la toute première fleur d'oranger, je n'aurais pas pu lui envoyer une carte avec pour adresse : La Belle aux oranges, Chine. Le facteur chinois aurait eu bien trop de mal à l'identifier parmi un milliard de personnes. Personnellement j'y serais sans doute arrivé, mais je n'avais aucune garantie que le postier chinois ferait preuve d'autant de zèle dans son service que moi.

OK, Georg, avançons.

Je me libérai de mes études pendant quelques jours, obtins un prêt de mille couronnes de maman et papa et me procurai un billet d'avion bon marché pour Madrid. J'y passai la nuit chez l'oncle d'un ancien camarade de classe. Le lendemain matin, je pris un autre avion pour Séville.

Je ne pouvais être totalement sûr de la trouver, mais j'évaluai que les probabilités de l'y rencontrer étaient à peu près aussi élevées qu'à Holmenkollen. Et puis il y avait autre chose aussi : si je ne la rencontrais pas à Séville, face à face, j'apprendrais en tout cas qu'elle y était passée récemment, avant de repartir pour le Maroc par exemple. Quoi qu'il en soit, j'aurais l'occasion d'aller au Pays des oranges et de respirer un peu de cet air acidulé qu'elle avait respiré, d'emprunter les mêmes rues qu'elle, peut-être de m'asseoir sur les mêmes bancs. C'était une raison suffisante pour m'y rendre. Il n'était en outre pas inconcevable que je découvre quelques pistes importantes, par exemple au sein même de l'Orangeraie, à condition toutefois qu'on m'y laisse entrer. Je m'imaginais en effet qu'un endroit aussi sacré pouvait bien être ceint de douves, défendu par des chiens méchants et une garde rapprochée.

Mais, une bonne demi-heure après l'atterrissage à Séville, c'est sans embûches que j'y pénétrai. Accolée à la grande cathédrale, c'était une belle orangeraie close, presque un jardin classique. Partout poussaient des rangées d'orangers chargés de fruits parfaitement mûrs.

Mais de Belle aux oranges, point. Elle était vraisemblablement juste allée faire un tour en ville. Elle serait sans aucun doute bientôt de retour…

J'essayai de réfléchir raisonnablement. Je m'efforçai de me convaincre que je ne pouvais pas compter sur le fait que je rencontrerais la Belle aux oranges immédiatement, peut-être pas même pendant les premiers jours. Je ne passai donc guère plus de trois heures dans l'Orangeraie. Mais en partant je lui laissai, par mesure de sécurité, un petit billet sur une vieille fontaine au milieu de l'Orangeraie. J'écrivis : « Moi aussi j'ai pensé à toi. Non, je ne peux pas attendre un peu plus longtemps. » Je posai une petite pierre sur le billet.

Je ne signai d'aucun nom, je n'écrivis pas même à qui le billet était destiné, mais j'ajoutai un petit dessin en bâtons de mon propre visage. Il n'avait strictement rien de ressemblant, mais j'étais persuadé que la Belle aux oranges comprendrait qui le dessin était censé représenter lorsqu'elle trouverait le mot. Elle n'allait sûrement pas tarder à revenir. Elle devait en tout cas certainement passer de temps à autre pour prendre son courrier.

C'est seulement une heure après avoir placé le billet sous une pierre, j'étais alors revenu en ville depuis longtemps, que, consterné, je songeai que j'avais peut-être commis une terrible erreur.

Elle avait dit : « Il faut que tu arrives à m'attendre pendant six mois. Si tu parviens à attendre aussi longtemps, nous pourrons nous revoir. » Puis j'avais demandé pourquoi je devais attendre aussi longtemps. La réponse de la Belle aux oranges avait été claire et nette : « Parce que c'est exactement le temps que tu dois attendre. Mais si tu y arrives, nous pourrons passer ensemble chaque jour du semestre suivant. »

Tu me suis, Georg ? Je n'avais pas respecté les règles. Je n'avais pas réussi à l'attendre pendant six mois. Je n'avais donc plus sa parole que nous pourrions être ensemble chaque jour du semestre suivant.

Ce pacte solennel que nous avions conclu avait été éminemment clair, mais terriblement difficile à supporter. Tous les contes ont leurs propres règles, c'est peut-être même précisément ces règles qui les distinguent les uns des autres. Il n'est jamais nécessaire de *comprendre* ces règles. Il faut juste les suivre. Faute de quoi les promesses ne sont pas respectées !

Tu comprends, Georg ? Pourquoi Cendrillon devait-elle rentrer du bal du château avant minuit ? Je n'en ai pas la moindre idée, et à coup sûr Cendrillon non plus. Mais on n'a pas le droit de poser ce genre de question quand on s'est déjà laissé enchanter par le plus merveilleux des royaumes oniriques. Il faut alors se contenter d'accepter les conditions, si incompréhensibles soient-elles. Pour obtenir son prince, Cendrillon doit parvenir à quitter le bal avant que les douze coups de minuit sonnent. C'est aussi simple que cela, le discours est clair. Elle doit respecter les règles. Faute de quoi elle perdra sa robe de bal et le carrosse se transformera en citrouille. Elle veille donc à rentrer avant minuit, et y parvient tout juste, elle perd une pantoufle en route. Curieusement, c'est d'ailleurs cette dernière qui permettra finalement au prince de la trouver. Ce sont les méchantes filles de sa belle-mère qui n'ont pas suivi les règles et, pour elles, ça s'est vraiment mal passé.

Dans le présent conte, c'étaient d'autres règles qui prévalaient. Si seulement je parvenais à voir la Belle aux oranges avec un grand sac d'oranges trois fois de suite, elle pourrait devenir mienne. Mais je devais bien sûr aussi l'apercevoir le soir de Noël et, peut-être plus encore, je devais m'efforcer de la regarder dans les yeux précisément au moment où Noël sonnait, tout en tenant sa barrette en argent magique. Il ne me restait ensuite qu'une épreuve : je devais supporter de ne pas la voir pendant six mois. Ne me demande pas pourquoi, Georg, telles étaient les règles. Si je ne réussissais pas cette dernière étape décisive, à savoir me tenir à l'écart de la Belle aux oranges pendant une demi-année, tous mes efforts précédents seraient réduits à néant et je perdrais tout.

Je me précipitai à l'Orangeraie. Le billet avait disparu, il n'était même pas certain que ce soit elle qui l'ait pris. Il pouvait aussi bien avoir été chapardé par un touriste norvégien.

À l'instant même où j'apercevais la pierre que j'avais posée sur mon mot – qui avait donc disparu –, une autre idée me frappa. Une idée qui me donna un certain espoir, bien que je n'aie pas respecté les règles. Qu'en penses-tu, Georg : la Belle aux oranges m'avait d'abord envoyé une carte, car elle avait mon adresse. Puis je lui avais écrit un message équivalent, mais comme je ne disposais d'aucune adresse où l'envoyer, j'avais dû jouer les coursiers et amener le mot à l'Orangeraie d'où elle m'avait envoyé ses salutations.

Ne nous valions-nous pas l'un l'autre, d'une certaine manière ? N'avait-elle pas elle aussi enfreint quelques règles ? Qu'en penses-tu, Georg ? Tu es aussi bien placé que moi pour interpréter les règles de ce conte.

Mais, d'un autre côté : elle m'avait tout de même prié d'attendre encore un peu. Au fond, elle n'avait fait que renouveler le pacte. Et je lui avais répondu que je n'arrivais pas à en accepter les conditions, donc que je ne voulais plus respecter les règles.

Elle avait écrit : « J'ai pensé à toi. Peux-tu attendre encore un peu ? »

Mais, Georg : si la réponse à cette question était que je ne le pouvais pas, qu'estimait-elle que je doive faire ?

Non, je n'étais pas en mesure de le dire : pour cela, j'étais bien trop impliqué. Il ne me restait plus qu'à la trouver.

Je n'étais jamais allé à Séville, ni même en Espagne. Mais je suivis bientôt le flux des touristes jusqu'au vieux quartier juif. Il s'appelle Santa Cruz et évoque un seul et unique grand temple à la gloire des oranges comme plantes de culture. Toutes les places étaient en tout cas entourées d'orangers.

Après être allé de place en marché sans trouver la Belle aux oranges, je finis par me rendre à un café, où je trouvai une chaise libre à l'ombre d'un bel oranger. J'avais vu toutes les places de marché de Santa Cruz et conclu que celle-ci était la plus belle. C'était la plaza de la Alianza.

Je restai à m'interroger sur ce problème : si l'on cherche une personne dans une grande ville et que l'on ignore où chercher et où l'on se trouve, vaut-il mieux papillonner de place en place ou a-t-on plus de chance de rencontrer la personne recherchée en s'asseyant à un endroit central pour attendre qu'elle surgisse peut-être d'elle-même ?

Lis cette dernière phrase deux fois avant de te décider, Georg. J'arrivai quant à moi à la conclusion suivante : le plus beau quartier de Séville s'appelle Santa Cruz, et sa plus belle place plaza de la Alianza. Si la Belle aux oranges me ressemblait un peu, elle finirait tôt ou tard par apparaître précisément là où je me trouvais. Nous nous étions rencontrés dans un café d'Oslo. Et nous nous étions rencontrés à la cathédrale. S'il était une chose pour laquelle nous étions forts, c'était de tomber l'un sur l'autre par hasard.

Je décidai de rester là. Il n'était guère plus de trois heures, je pouvais donc rester sur la plaza de la Alianza pendant au moins huit heures. Ce temps d'attente ne me paraissait pas long. Avant de quitter Oslo, j'avais réservé une chambre dans une petite auberge juste à côté. On m'y avait annoncé que je devais rentrer avant minuit, heure de fermeture des portes (même les auberges espagnoles ont ce genre de règles qu'il faut suivre !). Je décidai de revenir m'asseoir sur cette place le lendemain si la Belle aux oranges ne faisait pas son apparition avant minuit moins dix, en ce premier soir. Je pourrais alors attendre du lever au coucher du soleil.

J'attendis et j'attendis. Je restai à regarder les gens qui allaient et venaient sur la plaza, population locale et voyageurs. Je fus frappé par la beauté du monde. De nouveau j'étais envahi par un sentiment d'euphorie lié à tout ce qui m'entourait. Car qui sommes-nous, nous qui vivons ici ? Sur cette place, chaque personne était comme un coffre à trésor rempli de réflexions et de souvenirs, de rêves et de désirs. J'étais moi-même en plein cœur de ma propre vie sur terre, mais c'était évidemment vrai pour les autres personnes présentes sur la place aussi. Le garçon, par exemple. Son travail consistait à servir tous ceux qui avaient pris place dans ce café, et lorsque j'eus commandé mon quatrième café je sentis qu'il trouvait que j'avais occupé la table un peu trop longtemps, j'étais là depuis trois ou quatre heures. Une demi-heure plus tard, lorsque j'eus terminé mon quatrième café, il ne tarda en tout cas pas à venir me demander poliment si je souhaitais payer. Mais je ne pouvais pas partir, j'attendais la Belle aux oranges, moi, et je commandai donc par mesure de précaution une grande portion de tapas et un Coca. Ni bière ni vin avant que la Belle aux oranges arrive, me disais-je. C'était ensemble que nous boirions du champagne. Mais aucune Belle aux oranges ne faisait son apparition.

Sept heures sonnèrent et je me sentais à présent obligé de demander l'addition. Je compris aussitôt combien j'avais été naïf. De nombreux jours s'étaient écoulés depuis que j'avais trouvé la carte de Séville dans la boîte aux lettres de Humleveien et elle avait mis au moins aussi longtemps pour y arriver.

La Belle aux oranges semblait aussi inaccessible qu'avant, elle avait, cela va de soi, autre chose à faire que de jouer au chat et à la souris avec moi, peut-être étudiait-elle l'espagnol à Salamanque ou à Madrid. J'avais réglé mon dû au café, j'étais prêt à partir. J'étais déçu par la défaillance de ma propre faculté de jugement et, la gorge nouée, je décidai de mettre le cap sur la Norvège dès le lendemain matin.

Je ne sais pas s'il t'est déjà arrivé d'avoir le sentiment intense d'avoir fait quelque chose en vain. Tu as peut-être déjà marché dans la neige et la gadoue de la maison jusqu'en ville, pour acheter quelque chose dont tu avais vraiment besoin, et puis, lorsque enfin tu arrives au magasin, il est fermé depuis deux minutes. Ces choses-là sont agaçantes et c'est surtout de sa propre bêtise qu'on s'agace. À présent, j'étais gagné par ce sentiment presque honteux d'avoir voyagé en vain, et je ne m'étais pas contenté de prendre le tram jusqu'en ville. J'avais fait tout le chemin jusqu'à Séville sans avoir d'autre point de repère qu'une carte postale. Je ne connaissais personne, j'allais bientôt rentrer dans une auberge miteuse, et je ne parlais pas l'espagnol. J'avais envie de me gifler fort, mais j'aurais eu l'air si bête que ma honte n'en aurait que redoublé. Je me promis toutefois de me punir moi-même d'une manière ou d'une autre. Les options étaient nombreuses, je pouvais par exemple m'imposer que, quoi qu'il se passe plus tard dans ma vie, je n'aurais plus jamais affaire à cette Belle aux oranges.

Et elle arriva, Georg. Il était sept heures et demie et elle apparut soudain sur la plaza de la Alianza !

Quatre heures et demie après que je me suis assis à l'ombre d'un oranger, une Belle aux oranges arrive en voltigeant sur le marché aux oranges. Pas dans son vieil anorak, naturellement, le climat est subtropical en Andalousie. Elle est vêtue d'un vrai petit conte de robe d'été, d'un rouge aussi flamboyant que les bougainvillées qui grimpent le long de ce haut mur que je suis resté à regarder, en arrière-plan. Peut-être a-t-elle emprunté sa robe à la Belle au Bois dormant, me dis-je, ou elle l'aura chipée à l'une des fées.

Elle ne m'a pas vu. Le soir tombe peu à peu sur la place. Il fait chaud, très chaud même, mais j'ai froid, je frissonne.

Mais voilà, Georg – je ne peux rien t'épargner –, je comprends alors qu'elle est accompagnée d'un jeune homme, qui doit avoir autour de vingt-cinq ans. Il a l'air grand et beau et porte une grande barbe blonde. Il ressemble à s'y méprendre à un explorateur polaire. Ce qui me gêne le plus, c'est qu'il ne me paraît pas spécialement antipathique.

J'ai donc perdu. Mais c'est ma propre faute. Je n'ai pas respecté les règles. J'ai rompu une promesse solennelle. Je suis intervenu dans quelque chose qui ne m'appartenait pas, dans un conte qui ne partageait pas ses règles avec moi. « Il faut que tu arrives à m'attendre pendant six mois », m'avait-elle dit. « Si tu parviens à attendre aussi longtemps, nous pourrons nous revoir… »

Au moment où ils me voient, je dois avoir l'air du poêle dont Cendrillon sortait les cendres avant que le prince vienne la sauver du joug de sa belle-mère et de ses méchantes sœurs. Je dis qu'ils me voient, car ce n'est pas la Belle aux oranges qui me voit en premier. C'est d'abord l'homme à la barbe qui note ma présence (Tu y comprends quelque chose, Georg ? Parce que moi j'en étais incapable.) Il saisit le bras de la Belle aux oranges, me désigne et s’exclame si fort et distinctement que tous ceux qui sont sur la place l’entendent : « Jan Olav ! » J’entends à son accent qu’il est danois. Je ne l’ai jamais vu.

Ce qui se passe maintenant ne dure que l’espace d’un bref instant, mais il faut presque que tu essaies de te le représenter. La Belle aux oranges me voit sous l’oranger. Elle reste pendant une ou deux secondes près de la grande fontaine au milieu de la place à me fixer, mais elle est si paralysée qu’au bout de la première seconde elle a l’air d’être figée dans cette position depuis déjà une heure ou deux et de ne plus être en mesure de s’en libérer. Mais elle s’en libère. La Belle au Bois dormant a dormi cent ans durant, et à présent elle s’éveille de nouveau à la vie, comme si elle s’était endormie à peine une demi-seconde auparavant. Elle court vers moi, enlace mon cou et ne fait que répéter ce que le Danois a déjà dit : « Jan Olav ! »

Puis c’est le tour du Danois, Georg. Il vient avec nonchalance à ma table, me tend une main solide et dit amicalement : « C’est drôle de te voir en vrai, Jan Olav ! » La Belle aux oranges a déjà pris une chaise et le Danois pose sa main sur son épaule et dit : « Bon, c’est à moi de me retirer, alors. » Et sur ces paroles il bat en retraite, il fait marche arrière, il tourne les talons et traverse la place en traînant les pieds, il reprend le chemin par lequel il est arrivé. Il est parti. Bien, nous voilà débarrassés. Les bonnes fées sont de mon côté.

Elle est de l'autre côté de la table. Elle a glissé ses deux mains dans les miennes. Son sourire est chaleureux, un soupçon affairé peut-être, mais chaleureux.

– Tu n'y es pas arrivé. Tu n'as pas réussi à m'attendre !

– Non, admets-je. Parce que maintenant mon cœur saigne de chagrin.

Je la regarde, elle sourit toujours. J'essaie de sourire moi aussi, mais je n'y arrive pas vraiment.

J'ajoute :

– J'ai donc perdu le pari.

Elle réfléchit un peu, puis dit :

– Il est quelques rares fois dans la vie où nous devons savoir languir un peu. Je t'ai écrit. J'essayais de te donner la force de languir encore un peu.

Un tressaillement parcourt mes épaules. Je répète :

– J'ai donc perdu.

– Tu as en tout cas été désobéissant. (Son sourire est hésitant.) Mais il est peut-être encore possible de sauver les meubles.

– Comment ?

– C'est comme avant. Ça dépend de ta patience.

– Je ne comprends rien.

Elle me presse tendrement la main.

– Qu'est-ce que tu ne comprends pas, Jan Olav ? demande-t-elle simplement.

Elle le chuchote. Elle l'expire.

– Les règles. Je ne comprends pas les règles.

Ainsi notre longue conversation était engagée.

Georg ! Inutile de te rapporter tous les mots que nous nous sommes dits ce soir-là, cette nuit-là, je ne serais de toute façon pas en mesure de me souvenir de tout. Et puis, je sais que tu as beaucoup de questions dont tu voudrais bien connaître les réponses aussi vite que possible.

De mon côté, l'une des premières explications que je souhaitais obtenir était de savoir comment la Belle aux oranges avait su mon nom et où mes parents habitaient. Cela avait un rapport avec cette carte postale de Séville, et puis c'était aussi le dernier événement en date. Je gardai un air interrogateur, elle dit doucement :

– Jan Olav… tu ne te souviens vraiment pas de moi ?

Je l'observai. J'essayai de la regarder comme si c'était la toute première fois que je la rencontrais. Je ne me plongeai pas seulement dans ses yeux sombres, et je ne me contentai pas d'étudier son visage intelligent. Je coulai mon regard sur ses épaules nues, elle me laissa le faire, et je baissai les yeux vers sa robe aérienne. Mais ce n'était pas tâche facile que de chercher à me souvenir d'elle dans un contexte tout autre que les quelques fois où nous nous étions rencontrés avant Noël. Si j'avais rencontré la Belle aux oranges dans une vie antérieure, il m'était à présent impossible de m'en souvenir, car là où je me trouvais j'étais incapable de me concentrer sur autre chose que sur sa beauté infinie. Je me disais que c'était Dieu qui l'avait créée, ou peut-être Pygmalion, le héros de la mythologie grecque qui avait sculpté la femme de ses rêves dans le marbre, avant que la déesse de l'amour le prenne en pitié et donne vie à cette sculpture. La dernière fois que j'avais vu la Belle aux oranges, elle était emmitouflée dans un manteau noir. Elle était maintenant si légèrement vêtue que je m'en inquiétais, je craignais que cela ne me rapproche presque trop d'elle. Et cependant, ou peut-être précisément à cause de cela, je n'étais pas en mesure de la reconnaître.

– Ne peux-tu pas essayer de te souvenir de moi ? répéta-t-elle. J'aimerais tant que tu y parviennes.

– Peux-tu me donner des indices ? la priai-je.

– Humleveien, nigaud !

Humleveien. J'avais grandi Humleveien. J'y étais né. J'avais vécu Humleveien toute ma vie. Je ne vivais à Adamstuen que depuis six petits mois.

– Ou Irisveien[1].

C'était dans le même quartier. Irisveien naissait Humleveien.

– Kløverveien[2], alors !

Cette rue aussi était dans le voisinage. Lorsque j'étais petit, il m'arrivait souvent de jouer sur le grand terrain entre les villas de Kløverveien. C'était un espace couvert de buissons et d'arbres. Je crois qu'il y avait aussi un bac à sable et une balançoire à bascule. Des bancs y ont été installés il y a quelques années.

1. Le chemin des Iris (NdT).
2. Le chemin des Trèfles (NdT).

Je regardai de nouveau la Belle aux oranges. Une secousse me parcourut tout entier, qui devait correspondre à peu près à ce que l'on doit ressentir quand on se réveille d'une profonde hypnose. Je serrai sa main fort, fort. J'étais à deux doigts d'éclater en sanglots. Puis je le dis.

– Veronika ! m'exclamai-je.

Un large sourire s'étira sur ses lèvres. Mais je me demande si elle n'essuya pas aussi une larme au coin de son œil.

Je restai à la regarder dans les yeux, et désormais mon regard ne vacillait plus. Rien ne pouvait plus me retenir, j'oubliai toute timidité. D'un seul coup j'osai me mettre à nu devant elle. J'osai m'abandonner à la Belle aux oranges sans restriction. J'étais fort soulagé.

Il n'existe sans doute aucune intimité comparable à deux regards qui se rencontrent avec fermeté et détermination et refusent tout bonnement de lâcher prise.

Cette fille aux yeux marron avait vécu Irisveien. Nous nous étions vus tous les jours depuis notre naissance, en tout cas depuis que nous avions commencé à parler. Au début du cours préparatoire, nous étions dans la même classe, mais, après Noël, Veronika avait quitté la ville avec sa famille ; nous avions sept ans. Cela remontait à plus de douze ou treize ans. Nous ne nous étions pas revus par la suite.

Nous jouions toujours ensemble sur la grande butte de Kløverveien, entre buissons et fleurs, bancs et arbres. C'est à cette époque que nous avions vécu ensemble une vie d'écureuils – toute une vie d'écureuils même. Quoi qu'il en soit, même si Veronika n'avait pas quitté Irisveien, l'enfance insouciante se serait bientôt terminée : dans la cour de l'école, on m'avait déjà reproché de préférer jouer avec les filles.

Une chanson me passa par la tête. L'un de nous l'avait entendue à la maison et nous la chantions tout le temps quand nous jouions dehors : « Y a-t-il ici un petit amour, qui veuille jouer avec une petite belle. Nous pourrions jouer jusqu'à la fin du jour, dans notre propre petit royaume de merveilles… »

– Mais tu ne m'as pas reconnue, disait-elle à présent.

Je ne pouvais pas ne pas entendre qu'elle était encore déçue, presque boudeuse. Soudain c'était une petite fille de sept ans qui s'adressait à moi, pas une femme adulte de vingt ans.

Je dus la regarder de nouveau. Je trouvais sa robe rouge ravissante et émouvante à un point indescriptible. Je voyais son corps respirer, car la robe se soulevait et s'abaissait, se soulevait et s'abaissait, presque comme l'onde marine déferle sur une jolie plage. Cette plage, c'était sa robe.

Je regardai en l'air. J'aperçus alors un papillon jaune entre les feuilles d'un oranger. Ce n'était pas le premier que je voyais. J'en avais vu beaucoup.

Je le désignai et demandai :

– Comment puis-je reconnaître une petite larve longtemps après sa transformation en papillon ?

– Jan Olav !

Son ton était sévère. Il n'en fut pas dit plus sur cette histoire de métamorphose de l'enfant en femme.

Nombre de mes questions restaient encore sans réponses. Rencontrer la Belle aux oranges m'avait presque rendu fou, toute mon existence s'en trouvait en tout cas bouleversée. J'allai droit au but.

– Nous nous sommes vus à Oslo. Nous nous sommes rencontrés trois fois et je n'ai pensé à presque rien d'autre depuis. Tu avais simplement disparu, tu t'étais envolée. C'était plus difficile de te garder que d'attraper un papillon avec les mains. Mais pourquoi fallait-il que six mois s'écoulent avant que nous nous revoyions ?

Parce qu'elle devait partir à Séville, naturellement. J'étais tout de même capable d'en comprendre autant. Mais pourquoi était-ce si indispensable pour elle de passer six mois en Espagne ? À cause de ce Danois peut-être ?

Tu devines certainement ce qu'elle me répondit, Georg. Moi, je ne pouvais pas le savoir, mais toi, tu sais pour quoi Veronika brûle dans la vie. Depuis que j'ai commencé à t'écrire cette missive, je me demande si la grande toile des orangers est encore accrochée dans l'antichambre. Elle a coutume de dire qu'avec le temps elle a évolué et perdu l'intérêt qu'elle portait à ce tableau – enfin à l'instant où j'écris –, mais j'espère pour toi qu'elle ne l'a pas donné ou relégué au grenier. Si c'est le cas, je trouve que tu devrais lui demander où il est.

Elle expliqua :

– J'ai été admise dans une école d'art, ou une école de peinture pour être exacte. J'étais fermement décidée à suivre ce cours, c'était important pour moi.

– Une école de peinture ? (J'étais bluffé.) Mais pourquoi ne me l'as-tu pas dit la veille de Noël ?

Comme elle ne répondait pas tout de suite, je poursuivis :

– Tu te souviens qu'il neigeait ? Tu te souviens que je te caressais les cheveux ? Tu te souviens que les cloches se sont mises à sonner quand le taxi est arrivé ? Et puis tu as disparu !

– Je me souviens de tout. Je m'en souviens comme d'un film. Je m'en souviens comme des premières scènes d'un film très… romantique.

– Alors je ne vois pas pourquoi tu avais besoin de faire tant de mystères, objectai-je.

Un voile de gravité couvrit son visage.

– Je crois que dès notre rencontre dans le tram de Frogner, je n'étais pas insensible à tes charmes. Tu pourrais peut-être dire de nouveau, mais d'une tout autre manière cette fois. Et puis ensuite nous nous sommes vus quelques fois. Mais je croyais que nous pourrions supporter d'être séparés pendant un semestre. Je pensais que nous en avions peut-être besoin. Nous avions été si proches lorsque nous étions enfants. Mais nous ne sommes plus des enfants. Maintenant nous avions peut-être besoin de languir un peu. Afin que nous ne recommencions pas à jouer ensemble par simple habitude, je veux dire. Je voulais que tu me redécouvres. Je voulais que tu me reconnaisses, comme je t'avais reconnu. C'est pour cette raison que je ne voulais pas te révéler qui j'étais.

Je ne me souviens pas exactement de ma réponse et je ne me souviens pas non plus de toutes les paroles de la Belle aux oranges ; à mesure que nous avancions dans notre conversation, il arrivait de plus en plus fréquemment que nous sautions d'un thème à l'autre, d'un épisode à l'autre.

– Et le Danois ? demandai-je à un moment opportun.

J'avais l'impression de la supplier de quelque chose. C'était bête. Je me sentais très mesquin.

Elle fut brève, presque sévère.

– Il s'appelle Mogens. Il est à l'école de peinture, lui aussi. Il est doué. C'est sympa d'être avec un autre Scandinave.

J'étais pris de vertige.

– Mais comment savait-il comment je m'appelais ?

Je me suis demandé si elle n'avait pas rougi à ce moment-là, mais je ne sais pas, ce n'était peut-être pas facile à déterminer à cause de sa robe rouge, et puis il faisait alors complètement nuit, seules quelques lanternes en fer forgé conféraient un éclat doré à la place déserte. Nous avions commandé une bouteille de vin rouge de Ribera del Duero et nous avions tous deux un verre à la main.

Elle répondit :

– J'ai peint un portrait de toi. Juste de mémoire, mais il est ressemblant. Il plaît à Mogens. Je te le montrerai un jour. Il s'appelle simplement Jan Olav.

C'était donc Veronika qui avait peint son propre visage sur la carte postale. Je n'avais pas besoin de le lui demander. Mais une question me travaillait encore.

– Donc ce n'était pas Mogens qui était dans la Toyota blanche ?

Elle rit. Elle semblait essayer de changer de sujet.

– Parce que tu ne croyais tout de même pas que je ne t'avais pas vu sur Youngstorget ce jour-là ? C'était à cause de toi que j'étais là-bas.

Je ne comprenais pas. Je trouvais ses propos énigmatiques. Mais elle poursuivit :

– D'abord nous nous sommes rencontrés dans le tram de Frogner. Puis j'ai traîné un peu en ville et j'ai su quel café tu fréquentais. Je n'y étais jamais allée, mais un jour je m'y suis rendue après avoir acheté un livre de reproductions de Velázquez. Je suis juste restée là à le feuilleter. J'attendais.

– Tu m'attendais, moi ?

Question stupide, je le savais. Elle répondit presque avec irritation :

– Tu ne crois tout de même pas être le seul à chercher ? Je fais partie de cette histoire, moi aussi. Je ne suis évidemment pas juste un papillon que tu vas attraper.

Je n'osais pas explorer ces questions davantage, pour l'instant elles étaient trop risquées. Je me contentai de dire :

– Mais Youngstorget, alors ?

– Ne sois pas si puéril, Jan Olav. Je l'ai pourtant déjà dit. Je me disais : où est Jan Olav ? Et où irait-il pour essayer de me trouver, enfin s'il voulait vraiment me trouver, par exemple après m'avoir vue deux fois avec un grand sac d'oranges ? Je ne pouvais pas en être complètement sûre, mais peut-être irais-tu voir si tu me trouvais sur le grand marché aux fruits de la ville. J'y suis souvent allée pour voir si je te voyais. Mais je suis allée ailleurs aussi. Je suis allée Kløverveien, et je suis allée Humleveien. Un jour je suis passée dire bonjour à tes parents. J'ai eu des remords dès qu'ils ont ouvert la porte, mais c'était trop tard. J'ai bredouillé quelque chose au sujet de ma maison d'enfance et d'un retour sur les traces du passé. Et je n'ai pas eu besoin de me présenter. Tu pourras peut-être en prendre note. Ils m'ont tout de suite reconnue. Ils m'ont invitée à entrer, mais j'ai dit que j'étais pressée. Je leur ai raconté que j'avais été admise dans une école de peinture à Séville.

Je n'étais pas sûr de pouvoir la croire.

– Ils ne m'en ont rien dit.

Elle affichait un sourire énigmatique. Je trouvais qu'elle ressemblait un peu à la Joconde, peut-être parce que je gardais constamment en tête qu'elle était élève d'une école de peinture. Elle répliqua : « Je les ai priés de ne pas te dire que j'étais venue. J'ai été obligée d'inventer une explication pour que tu ne sois pas mis au courant. »

Je restai coi. Quelques jours auparavant j'avais été obligé de montrer à mes parents la carte que j'avais reçue de Séville. Je venais en effet d'arriver en courant et de leur annoncer que j'allais me marier. C'est seulement maintenant que je comprenais pourquoi ils avaient été si prompts à me prêter de l'argent pour payer mon billet d'avion. Ils n'avaient pas même mis en doute l'opportunité d'un voyage à Séville au beau milieu du semestre, uniquement pour rendre visite à une fille que j'avais rencontrée deux ou trois fois à Oslo.

La Belle aux oranges poursuivit :

– Ce n'est pas toujours facile de trouver quelqu'un de précis dans une grande ville, en tout cas pas quelqu'un sur qui on tombe par hasard, si c'est ce que l'on souhaite. Et parfois c'est précisément ce que l'on souhaite. J'allais suivre ce cours de peinture et je ne pouvais pas me lier à quelqu'un juste avant mon départ. Mais quand deux personnes passent la majeure partie de leur temps à se chercher, il n'est pas très surprenant qu'elles se rencontrent par pure coïncidence.

Je changeai de sujet. Ou plutôt je changeai d'arène.

– Avais-tu déjà assisté à l'office de Noël à la cathédrale ?

Elle secoua la tête :

– Non, jamais. Et toi ?

Je secouai la tête, moi aussi. Elle expliqua :

– Enfin, j'étais en fait allée à celui de deux heures aussi. Ensuite j'ai erré dans les rues en attendant le suivant. Cette fois tu *devais* te montrer. C'était Noël et j'allais bientôt quitter le pays.

Je crois que nous restâmes longtemps sans rien dire. Mais il était un fil rouge auquel je devais revenir :

– Ce n'était donc pas Mogens qui était dans la Toyota ?

– Non.

– Qui était-ce alors ?

Elle hésita un peu avant de répondre :

– Personne.

Je demandai de nouveau :

– Personne ?

– Une sorte d'ex-petit ami. Nous étions dans la même classe au lycée.

Je crois que je souris. Elle ajouta cependant :

– Nous ne pouvons pas posséder le passé l'un de l'autre, Jan Olav. La question est de savoir si nous avons un avenir ensemble.

Je dis alors quelque chose de terriblement maladroit, sans doute parce que je n'osais croire que la Belle aux oranges et moi eussions un avenir commun. Je dis :

– *To be two or not to be two, that is the question.*

Je crois qu'elle aussi avait trouvé ce commentaire un peu stupide. Pour arrondir les angles, je changeai complètement de sujet de conversation. Je m'exclamai :

– Mais toutes ces oranges, alors ? Qu'allais-tu en faire ? C'est vrai, qu'est-ce que tu allais faire de toutes ces oranges ?

Elle rit de bon cœur. Puis elle répondit :

– Oui, tu devais bien te le demander. C'était grâce à toutes les oranges que j'avais réussi à te faire venir sur Youngstorget. C'était à cause d'elles que tu t'étais mis à me parler de randonnée à ski au

Groenland. Avec huit chiens de traîneau et dix kilos d'oranges.

Je ne voyais aucune raison de le nier. Mais je répétai :

– Mais qu'allais-tu faire de toutes ces oranges ?

Elle me regarda dans les yeux, à peu près comme au café à Oslo. Elle parla très lentement :

– J'allais les peindre.

Les peindre ? J'étais bluffé.

– Toutes ?

Elle hocha la tête avec grâce.

– Je devais m'entraîner à peindre des oranges avant d'aller à l'école de peinture de Séville.

– Mais tu devais en peindre autant ?

– Je devais peindre beaucoup d'oranges, oui. C'était mon entraînement.

Je secouai la tête, excédé. Se moquait-elle de moi ?

– Mais n'aurais-tu pas pu te contenter d'acheter une orange et d'essayer de la peindre plusieurs fois ?

Elle inclina la tête et, feignant l'agacement, rétorqua :

– Je crois que nous allons avoir beaucoup de choses dont parler tous les deux dans les temps à venir, parce que tu as peut-être un œil qui ne voit pas.

– Lequel ?

– Aucune orange ne ressemble à une autre, Jan Olav. Il n'y a même pas deux brins d'herbe qui soient parfaitement identiques. C'est pour cela que tu es ici maintenant.

Je me sentais idiot. Je ne comprenais pas ce qu'elle voulait dire.

– Tu veux dire parce qu'il n'y a pas deux oranges identiques ?

– Tu n'as pas fait tout ce long chemin jusqu'à Séville, parce que tu voulais rencontrer « une femme ». Parce que alors tu aurais passé bien des ruisseaux en cherchant de l'eau, puisqu'il y a plein de femmes en Europe, de ruisseaux aussi d'ailleurs. Mais tu es venu pour me voir, moi. Et je n'existe qu'en un exemplaire. Je n'ai pas non plus envoyé une carte à « un homme » à Oslo. Je te l'ai envoyée à toi. Je t'ai prié de t'accrocher à moi. Je t'ai prié de me témoigner un peu de confiance.

Nous restâmes à parler longtemps après la fermeture du café. Lorsque finalement nous nous levâmes, elle m'attira tout contre le tronc de l'oranger sous lequel nous avions été assis, ou c'est moi qui l'y poussai, je ne sais plus très bien. Mais c'est elle qui déclara :

– Maintenant tu peux m'embrasser, Jan Olav. Parce que maintenant j'ai enfin réussi à t'attraper.

Je posai mes mains sur ses omoplates et embrassai légèrement sa bouche. Elle dit :

– Non, embrasse-moi vraiment ! Et enlace-moi.

Je fis ce que la Belle aux oranges ordonnait. C'était elle qui fixait les règles. Elle avait un goût de vanille. Ses cheveux une odeur fraîche comme les agrumes.

J'eus la nette sensation que deux vifs écureuils s'agitaient au sommet de l'oranger. Je n'étais pas tout à fait sûr du jeu auquel ils jouaient, mais c'était en tout cas quelque chose qui les occupait terriblement.

Je n'en écrirai pas plus sur ce soir-là, Georg, je vais peut-être t'épargner cela. Mais tu dois supporter d'entendre comment cette nuit s'est terminée.

Je n'arrivai pas à l'auberge avant minuit. Mais la Belle aux oranges louait une chambre avec une kitchenette chez une vielle dame. Sur les murs étaient accrochées plusieurs aquarelles d'orangers et de leurs fleurs. Et dans un coin se trouvait une grande peinture à l'huile de moi. Ce tableau, je ne le commentai pas, elle non plus. Nous aurions alors frôlé de bien trop près la magie de ce conte de fées. Tout ne devait pas être dit avec des mots. Ainsi étaient les règles. Mais je me fis la réflexion qu'elle m'avait peint avec des yeux bien trop grands et bien trop bleus. C'était comme si elle avait localisé dans mes yeux tout ce que j'avais en matière de personnalité.

Jusque tard dans la nuit je racontai à Veronika quelques histoires aux nombreux détails amusants. Je lui parlai d'une fille de pasteur malade avec quatre sœurs, deux frères et un labrador désobéissant. Je lui racontai toute la longue histoire d'une dramatique randonnée à ski au Groenland avec huit chiens de traîneau et dix kilos d'oranges. Je lui racontai la tonique fille qui était agent secret de l'Inspection des oranges de l'ONU et menait un combat solitaire et courageux contre un dangereux nouveau virus frappant les oranges. Je lui racontai tout ce que je savais au sujet d'une jeune fille qui travaillait dans un jardin d'enfants et devait chaque jour se rendre au marché pour acheter trente-six oranges tout à fait identiques. Je déballai mon récit d'une jeune femme qui devait faire un entremets à l'orange pour cent convives de BI. Je lui racontai toute la vie d'une fille de dix-neuf ans qui était mariée à l'un de ces étudiants et avait déjà eu le temps d'avoir une fille de lui – si repoussant que beaucoup le considèrent. Et je lui racontai la courageuse jeune fille qui se sacrifiait pour, dans le plus grand secret, amener clandestinement nourriture et médicaments aux enfants pauvres d'Afrique.

La Belle aux oranges me rendit la monnaie de ma pièce en évoquant des expériences communes de notre enfance Humleveien et Irisveien. De mon côté, j'avais presque tout oublié, mais j'en eus quelques réminiscences pendant son récit.

À notre réveil, le soleil brillait haut dans le ciel. C'est elle qui avait ouvert les yeux la première et je me souviendrai toujours de ce que je ressentis lorsqu'elle me réveilla. Je ne savais plus ce qui était imagination et ce qui était réalité, ce genre de distinction n'existait peut-être plus. Je savais seulement que je n'étais plus en train de chercher la Belle aux oranges partout. Je l'avais trouvée.

Moi aussi. Je savais désormais qui était la Belle aux oranges, j'aurais dû le deviner longtemps avant d'apprendre qu'elle s'appelait Veronika...

À peu près à ce moment de ma lecture, maman frappa de nouveau à la porte.

– Il est dix heures et demie, Georg. Nous avons mis le couvert. Il t'en reste beaucoup à lire ?

Je répondis d'une voix un peu solennelle :

– Chère petite Belle aux oranges. J'ai pensé à toi. Peux-tu attendre encore un peu ?

Je ne pouvais pas la voir de l'autre côté de la porte. Mais je l'entendis devenir complètement silencieuse. J'ajoutai :

– Il est quelques rares fois dans la vie où nous devons savoir languir un peu.

Et comme je n'obtenais pas de réponse :

– « Y a-t-il ici un petit amour... »

Le silence restait complet. Mais bientôt maman se colla contre la porte :

– « ... qui veuille jouer avec une petite belle... »

Elle ne parvint pas à chanter plus longtemps, elle s'était mise à pleurer. Elle chuchotait-pleurait.

Je chuchotai aussi :

– « Nous pourrions jouer jusqu'à la fin du jour, dans notre propre petit royaume des merveilles... »

Elle soupira profondément et demanda bientôt en reniflant :

– Il parle vraiment... de ça ?

– Parlait, rectifiai-je.

Elle ne répondit pas, mais je voyais à la poignée de la porte qu'elle s'y appuyait.

– Je vais bientôt venir, maman. Il ne me reste plus que quinze pages.

Elle ne répondait toujours pas. Peut-être était-elle incapable de parler. Je n'étais pas vraiment conscient de ce que j'avais déclenché.

Pauvre Jørgen, pensai-je. Pour une fois il devait accepter de passer au second plan. Miriam dormait. Maintenant c'était mon père, maman et moi qui nous parlions. Un jour, c'est nous qui avions été une petite famille Humleveien. Dans le salon se trouvaient en outre grand-mère et grand-père, c'était eux qui autrefois avaient construit cette maison. Jørgen ne faisait que nous rendre visite.

Je réfléchis attentivement à tout ce que j'avais lu. Une chose importante était d'ores et déjà prouvée. Mon père ne s'était pas moqué de moi. Il n'avait pas inventé cette histoire au sujet d'une Belle aux oranges. Peut-être n'avait-il pas tout raconté. Mais tout ce qu'il avait raconté était vrai.

Il est vrai que je ne parvenais pas à me souvenir d'avoir jamais vu de tableau représentant des orangers dans l'antichambre. Je ne me souvenais pas ne serait-ce que d'une seule image d'orange. J'avais seulement vu toutes les autres toiles que maman avait peintes. J'avais vu ses aquarelles de lilas et de cerises du jardin.

J'avais plusieurs questions de ce genre à aborder avec elle. Ou alors j'irais moi-même voir au grenier. Mais j'avais toujours su que maman avait vécu Irisveien lorsqu'elle était petite. Un jour j'étais allé à la maison jaune apporter une lettre arrivée dans notre boîte.

Peut-être en apprendrais-je plus sur les toiles d'oranges en poursuivant ma lecture. Et puis une autre question d'importance subsistait : mon père en écrirait-il davantage sur le télescope Hubble ?

Le télescope Hubble porte le nom de l'astronome Edwin Powel Hubble. C'est lui qui a démontré que l'Univers s'étend. D'abord il a découvert que la nébuleuse d'Andromède n'était pas uniquement un nuage de poussière et de gaz dans notre propre galaxie, mais qu'elle était une galaxie totalement indépendante en dehors de la Voie lactée. La découverte du fait que la Voie lactée n'était qu'une galaxie parmi de nombreuses autres allait révolutionner la vision de l'espace des astronomes.

La découverte la plus importante de Hubble fut son constat, en 1929, que plus les galaxies étaient éloignées de la Voie lactée, plus leur vitesse de déplacement semblait élevée. Cette théorie est le fondement même de ce que l'on appelle la théorie du big bang, selon laquelle – aujourd'hui presque tous les astronomes y adhèrent – l'Univers est né d'une énorme explosion qui remonte à douze ou quatorze milliards d'années. C'était il y a longtemps, très longtemps.

Si tout ce qui s'est déroulé dans l'histoire de l'Univers se passait dans un laps de temps de vingt-quatre heures, la Terre ne serait apparue qu'en fin d'après-midi. Les dinosaures seraient arrivés quelques minutes avant minuit. Et l'humanité n'existerait que depuis les deux secondes précédant minuit...

Tu me suis, Georg ? Une fois de plus je me suis installé devant le PC après t'avoir accompagné au jardin d'enfants. Nous sommes lundi.

Tu étais un peu grognon ce matin. J'ai pris ta température, mais tu n'avais pas de fièvre. J'ai examiné ta gorge et tes oreilles et j'ai vérifié tes ganglions, mais je n'ai rien trouvé. Je crois que tu es juste un peu enrhumé, et peut-être un peu épuisé par notre week-end.

J'espérais presque que tu serais un peu malade pour que tu puisses rester à la maison avec moi toute la journée. Mais je dois tout de même aussi mener à bien ce travail d'écriture.

Nous avons passé le week-end à Fjellstølen. Samedi, tôt dans la matinée, maman s'est élancée avec un vieux bidon à lait, elle est rentrée de sa longue promenade avec quatre kilos de mûres arctiques. Tu as alors boudé un peu, Georg. Tu as insisté pour cueillir des baies dans la montagne, toi aussi, et en un après-midi tu as réussi à ramasser tout seul une livre de camarines noires. Nous te gardions bien sûr à l'œil depuis le chalet. Ensuite maman a dû faire de la gelée de camarines noires. Nous l'avons mangée dimanche. Je crois que tu as trouvé le goût un peu acide, mais tu devais la manger puisque c'est toi qui avais cueilli les baies.

Nous avons vu beaucoup de lemmings cet été et tu as eu le droit d'en dessiner un dans le livre de bord avec un crayon jaune et un crayon noir. C'est joli, avec un peu de bonne volonté on peut même voir que l'animal que tu as dessiné est un lemming. Tu l'as juste affublé d'une queue bien trop longue. Par mesure de précaution, maman a donc écrit « LEMMING » sous ton dessin. Et puis elle a ajouté « Georg 1/09/1990 ».

Mais ce livre de bord existe peut-être encore ? Est-ce le cas, Georg ?

J'ai passé presque toute cette soirée-là à le relire du début à la fin. Tu étais au lit. Je l'ai lu plusieurs fois. Dès que j'avais terminé – et de nouveau jeté un œil sur ton dessin –, je recommençais au début. Je m'attendais à ce que ce séjour au chalet soit le dernier avant Noël.

Veronika a fini par m'ôter le livre des mains. Elle l'a rangé en hauteur sur l'étagère, même s'il avait auparavant toujours été sur la cheminée.

« Bon, allez, buvons un peu de vin », a-t-elle simplement dit.

Mais revenons à l'Espagne.

Je passai deux jours chez Veronika à Séville. Puis je dus rentrer, Veronika comme sa logeuse étaient de cet avis. Je devais réussir à l'attendre pendant presque trois mois, le temps qu'elle termine ses cours à l'école de peinture. Mais j'avais désormais appris à languir. J'avais appris à faire confiance à la Belle aux oranges.

Je dus évidemment lui demander si elle maintenait la parole qu'elle m'avait donnée que nous serions ensemble chaque jour du semestre suivant. Je ne pouvais plus le considérer comme acquis puisque je n'avais pas réussi à respecter les règles. Elle réfléchit longuement avant de répondre. Je crois qu'elle essayait de trouver une réponse intelligente. Puis elle décréta dans un sourire : « Je me contenterai sans doute de retirer les deux jours que tu m'as déjà volés ici. »

Sur le chemin de l'aéroport, nous vîmes une colombe morte dans le caniveau. Veronika s'arrêta et tressaillit. Je trouvai étrange qu'elle se laisse affecter à ce point. Elle se tourna vers moi, posa sa tête dans mon cou et fondit en larmes. Je me mis moi aussi à pleurer. Nous étions si jeunes. Nous étions en plein cœur du conte. Il ne devait pas y avoir d'oiseau mort dans le caniveau. En tout cas pas une colombe. Ainsi étaient les règles. Nous pleurâmes. La colombe blanche était mauvais signe.

De retour à Oslo, je me concentrai de nouveau sur mes études. J'avais beaucoup à réviser, car j'avais séché plusieurs cours importants pendant la semaine écoulée, et puis je devais rattraper un peu de ce que j'avais manqué à cause de toutes mes promenades à ski et de toutes mes errances dans la ville au cours des derniers mois. Mais je disposais dorénavant de beaucoup plus de temps, puisque je n'avais plus besoin d'écumer la ville à la recherche de la mystérieuse Belle aux oranges. Je n'avais plus besoin d'essayer de me trouver une petite amie non plus. J'avais de nombreux condisciples qui consacraient beaucoup de temps à ce genre d'activités.

Il m'arrivait encore de sursauter à la vue d'un manteau de femme noir – ou d'une robe rouge à l'arrivée des beaux jours. Chaque fois que je voyais une orange, je pensais à Veronika. Quand je faisais mes courses, il m'arrivait de tomber en arrêt devant le bac à oranges du magasin. Je savais désormais bien mieux voir qu'il n'existait pas deux oranges identiques. Animé d'un calme tranquille, je les passais en revue. Et quand j'en achetais, je choisissais toujours les plus belles, je prenais tout mon temps. Parfois j'en pressais le jus et un jour je confectionnai un entremets à l'orange que je servis à Gunnar et quelques amis. C'était un soir où nous étions réunis dans notre appartement pour jouer au bridge.

Gunnar était en deuxième année de sciences politiques, et de nous deux c'était en fait lui le cuisinier. Il était toujours en train de mitonner quelque pièce de bœuf ou un plat de cabillaud. Même s'il n'avait jamais rien attendu de moi en échange, c'était amusant de pouvoir le surprendre avec un entremets à l'orange. J'avais mis beaucoup de moi-même dans ce dessert. C'était maman, ta grand-mère donc, qui m'avait aidé à trouver la recette dans un vieux livre de cuisine. Elle avait même proposé de faire l'entremets à ma place. Elle ne pouvait pas deviner que tout l'intérêt était précisément que je le fasse moi-même. Je crois qu'elle était à cent lieues de se douter que cette entreprise avait un rapport avec Veronika.

Puis elle rentra en Norvège, Georg. À la mi-juillet, elle était revenue de Séville. J'allai l'accueillir à l'aéroport de Fornebu. Ils furent nombreux à être témoins de nos grandes retrouvailles lorsqu'elle passa la douane avec deux grosses valises et un grand carton à dessins. Nous passâmes d'abord presque trente secondes sans rien faire d'autre que nous regarder, sans doute pour nous prouver que nous avions la force de caractère de nous attendre pendant quelques secondes encore. Puis nous nous fondîmes en une étreinte torride, exceptionnellement torride, force m'est sans doute de l'admettre, même pour des retrouvailles d'aéroport. Nous passâmes devant une vieille dame qui avait quelque chose à y redire et aboya : « Vous devriez avoir honte ! » Nous nous contentâmes de rire. Nous n'avions absolument aucune raison d'avoir honte. Nous nous étions attendus pendant une demi-année.

Dans le hall d'arrivée, Veronika me montrait déjà sa production. Elle passa sans s'y arrêter le portrait de « Jan Olav », mais j'en eus toutefois un aperçu et notai de nouveau qu'une intense lumière bleue rayonnait des yeux de la toile. Je ne pouvais pas en parler, mais Veronika était pleine de commentaires enjoués au sujet des autres tableaux. Elle parlait comme un moulin. Elle n'essayait pas de dissimuler qu'elle était fière des œuvres qu'elle me montrait. Elle ne cachait pas qu'elle avait appris quelque chose pendant le semestre écoulé.

Nous passâmes le reste de l'été à roucouler. Nous allâmes sur les îles du fjord d'Oslo, dans le nord du pays, dans les musées et aux expositions, nous passâmes de nombreuses soirées tardives et riches sur les chemins résidentiels de Tåsen.

Tu aurais dû la voir ! Tu aurais dû voir comme elle évoluait dans la ville. Tu aurais dû voir son allure dans les expositions. Tu aurais dû entendre son rire. Moi aussi je riais parfois à en éclater. L'une des choses les plus contagieuses que je connaisse est le rire.

Nous recourions de plus en plus souvent au pronom « nous ». C'est un drôle de mot. Demain je vais faire ci ou ça, dit-on. Ou alors on demande ce que l'autre, donc « tu », va faire. Ce n'est pas difficile à comprendre. Et soudain on dit « nous », avec la plus grande évidence. « Nous pourrions prendre le bateau pour Langøyene et nous baigner ? » « Ou nous pourrions juste rester à la maison et lire ? » « Cette pièce de théâtre nous a-t-elle plu ? » Et puis, un jour : « Nous sommes heureux ! »

Quand nous employons le pronom « nous », nous plaçons deux personnes derrière une action commune, presque comme si elles formaient un seul être composé. Dans de nombreuses langues, un nombre distinct est employé pour indiquer que deux – et seulement deux – personnes sont en cause. C'est le duel, ou ce qui est partagé par deux. Je trouve cette désignation utile, car parfois il n'y a ni une ni de nombreuses personnes. On est « nous deux », et on est « nous deux » comme si ce « nous » ne pouvait être scindé. Des règles féeriques s'expriment avec l'introduction soudaine de ce nombre, presque comme par magie. « Maintenant nous préparons le dîner. » « Maintenant nous ouvrons une bouteille de vin. » « Allons nous coucher. » Ne frisons-nous pas l'impudence lorsque nous nous exprimons ainsi ? C'est en tout cas complètement autre chose que de dire que maintenant il faut que tu prennes le bus, parce que je voudrais dormir.

Quand nous employons le duel, de toutes nouvelles règles sont instaurées. « Allons faire un tour ! » C'est si simple, Georg, quatre mots seulement, et pourtant ils désignent une action saturée de sens, qui intervient profondément dans la vie de deux personnes sur terre. Et, dans ce contexte, ce n'est pas seulement en fonction du nombre de mots employés que l'on peut parler d'économies d'énergie. « Douchons-nous ! » proposait Veronika. « Mangeons ! » « Allons nous coucher ! » Il n'est guère besoin de plus d'une pomme de douche quand on parle ainsi. Il n'est guère besoin de plus d'une cuisine, de plus d'un lit.

Ce nouvel emploi pronominal me faisait l'effet d'un choc. « Nous » – c'était comme une boucle qui se bouclait. C'était comme si le monde entier s'était fondu en une unité supérieure.

Jeunesse, Georg, insouciance de la jeunesse !

Cependant, je me souviens aussi d'une douce soirée d'été où nous étions sur la presqu'île de Bygdøy à regarder le fjord. Je ne sais plus exactement comment cela m'était venu, mais je laissai soudain échapper :

– Nous ne sommes dans le monde que cette unique fois.

– Nous sommes ici maintenant, répondit Veronika, comme si elle estimait que c'était quelque chose à rappeler.

Jugeant qu'elle essayait de balayer ce que je m'efforçais d'exprimer, j'ajoutai :

– « Je songe à des soirs comme celui-ci, que je n'aurai plus le droit de vivre… »

Je savais que Veronika connaissait ces vers d'un poème d'Olaf Bull. Ce poème, nous l'avions lu ensemble un jour.

Veronika se retourna brusquement et pinça le lobe de mon oreille entre ses doigts. Elle dit :

– Mais alors tu auras été ici. *Lucky you !*

À l'automne, Veronika entra à l'Académie des Beaux-Arts, tandis que je poursuivais mes études de médecine. Le premier cycle préparatoire passé, les cours devenaient de plus en plus intéressants. Nous passions ensemble nos après-midi et nos soirées aussi souvent que possible et veillions en tout cas à nous voir tous les jours. Enfin, la Belle aux oranges allait véritablement soustraire les deux jours que je lui devais et les passer sans moi. Je crois que c'était surtout pour me taquiner, mais peut-être voulait-elle faire un exemple. Nous devions continuer de nous en tenir aux règles, car le conte n'était pas terminé, il commençait à peine. Il était en constant développement autour de nous, ses règles se multipliaient sans cesse. Tu te souviens de ce que j'ai dit au sujet de ce genre de règles ? Elles sont ces choses essentielles que l'on doit soit faire, soit ne pas faire, mais qu'on n'a pas nécessairement besoin de comprendre. On n'a pas même besoin d'en parler.

À Oslo aussi, Veronika louait une chambre avec un coin cuisine chez une vieille dame. Le seul loyer dont elle devait s'acquitter était la tonte du gazon en été, le déblaiement de la neige en hiver, les emplettes de nourriture deux fois par semaine et l'achat hebdomadaire d'une bouteille de porto au Vinmonopol[1]. Mais la vieille dame, Mme Mowinckel, acceptait que je sois de temps en temps celui

1. Magasin où sont vendus les alcools. En Norvège, la vente d'alcool est un monopole d'État (NdT).

qui rendait ces services. C'était bien, car ainsi elle accepta peu à peu que je passe parfois la nuit dans son petit appartement. J'avais déjà payé le loyer.

À Noël, nous assistâmes de nouveau à l'office à la cathédrale, nous estimions nous le devoir. Veronika portait le même manteau noir, et dans les cheveux la même féerique barrette en argent. Je faisais désormais partie du conte, de la même mystique insondable qu'elle. Cette année-là, nous partagions bien sûr le même banc, et je n'avais nul besoin de m'inquiéter de la direction dans laquelle les hommes se tournaient dans l'église. Ils pouvaient bien se retourner sur Veronika, et certains ont dû le faire. J'étais fier. Veronika rayonnait, elle était heureuse. Moi aussi, bien sûr, j'étais heureux. Peut-être était-elle, elle aussi, un peu fière.

Après l'office nous empruntâmes exactement le même chemin que l'année précédente. Nous avions déjà le goût des traditions. Presque sans un mot nous remontâmes jusqu'au parc du Palais royal. Mais ce silence, nous ne l'avions pas prémédité, il était venu de lui-même.

Nous restâmes enlacés à l'endroit précis où elle s'était jetée dans un taxi un an auparavant, car cette année aussi nos chemins se séparaient. Veronika allait retrouver son père chez une vieille tante à Skillebekk et ils allaient ensuite se rendre ensemble à Asker, au domicile parental. De mon côté, j'allais cette année encore passer Noël Humleveien avec maman, papa et Einar.

La scène était la même qu'un an auparavant. Nous devions nous dire au revoir ici, Wergelandsveien ; dès qu'un taxi libre arriverait, Veronika se jetterait dedans. Mais que se passerait-il après l'arrivée du taxi ? Le conte s'achèverait-il ? Le charme serait-il soudain rompu ? Nous n'en avions pas parlé. Au cours du semestre écoulé, nous nous étions vus chaque jour, hormis lors de ces deux amers jours de pénalité. La Belle aux oranges avait tenu son engagement solennel. Mais quelles seraient les règles qui prévaudraient pour l'année à venir ?

Ce Noël était plus glacial que le précédent et Veronika grelottait. Je la tenais dans mes bras et lui frottais le dos. Je lui racontai alors que Gunnar allait quitter le petit appartement que nous partagions au début de l'année. J'expliquai qu'il s'apprêtait à poursuivre ses études à Bergen. J'ajoutai que je devais trouver un nouvel étudiant avec qui partager le loyer.

J'étais si lâche, Georg. Je crois que c'est ce qu'elle pensait aussi. Elle s'emporta presque. Ainsi Gunnar allait déménager ? Et j'allais trouver un nouvel étudiant qui habiterait dans l'appartement ? Avais-je vraiment planifié tout cela sans lui en toucher mot ? Elle était presque en colère. Je craignais que nous ne séparions en ennemis ce Noël-là. Mais elle ajouta :

– Alors je peux m'installer chez toi, non ? Nous pouvons nous installer ensemble, je veux dire. N'est-ce pas, Jan Olav ?

C'était précisément ce que j'avais espéré. Mais j'étais plus lâche qu'elle. J'avais peur de contrevenir aux règles.

Elle rayonnait comme un oranger de la plaza de la Alianza lorsque bientôt nous fûmes convenus qu'elle viendrait s'installer à Adamstuen au début du mois de janvier. Pendant l'année à venir nous ne nous contenterions donc pas d'être ensemble chaque jour. Nous serions aussi ensemble chaque nuit. Telles étaient les nouvelles règles.

Un voile d'inquiétude couvrit toutefois aussitôt son visage, peut-être était-ce l'expression d'une sorte de doute à quelque sujet, pensais-je, peut-être avait-elle malgré tout des réserves à émettre. Ou s'agissait-il d'une sorte d'attente qu'elle redoutait d'évoquer ?

– Qu'y a-t-il, Veronika ? chuchotai-je.

Je la connaissais à présent.

Elle dit :

– Alors la chambre de Gunnar sera disponible.

J'acquiesçai, mais je ne comprenais toujours pas pourquoi elle insistait. Je lui avais pourtant déjà dit que Gunnar allait déménager.

Elle ajouta :

– Parce que nous ne dormirons pas chacun dans une chambre !

– Bien sûr que non, approuvai-je, mais je ne voyais toujours pas où elle voulait en venir.

Elle ne semblait plus animée du moindre doute à présent. Elle expliqua franchement sa pensée :

– Alors je pourrais peut-être utiliser la chambre de Gunnar comme atelier.

Elle me lança un regard furtif pour voir comment je réagissais. Je me contentai de poser ma main sur sa barrette en argent dans sa nuque et déclarai que ce serait pour moi une immense fierté que de vivre avec une artiste.

Une ou deux minutes plus tard, son taxi arrivait. Elle le héla. Elle grimpa dans la voiture et, cette année-là, elle agita gaiement ses deux mains. Dire que ça ne faisait qu'un an !

Le taxi parti, je n'eus pas besoin de chercher de pantoufle abandonnée. Ce conte ne connaissait plus d'entrave. Nous n'étions plus soumis à d'incompréhensibles règles fixées par des fées collet monté établissant ce qui était autorisé et ce qui était défendu. Désormais le bonheur nous appartenait.

Mais qu'est-ce qu'un être humain, Georg ? Combien vaut un être humain ? Ne sommes-nous qu'un tourbillon de poussière qui se répand au vent ?

À l'heure où j'écris ces lignes, le télescope Hubble est en orbite autour de la Terre. Il y est maintenant depuis quatre mois, et depuis la fin du mois de mai il nous a envoyé de nombreuses images précieuses de l'Univers, à savoir de cette énorme cambrousse dont en fin de compte nous provenons. Mais on a aussi rapidement découvert que ce télescope était affligé d'un grave défaut de production. On parle déjà d'envoyer une navette spatiale et un équipage pour le réparer, afin que notre compréhension de l'espace soit encore meilleure.

Sais-tu comment se porte le télescope Hubble ? A-t-il jamais été réparé ?

Il m'arrive de songer à ce télescope orbital comme à l'Œil de l'Univers. Car l'œil qui est capable de voir l'Univers entier doit avoir une certaine légitimité à être appelé Œil de l'Univers. Comprends-tu ce que j'entends par là ? C'est l'Univers lui-même qui a produit cet incompréhensible instrument. Le télescope de Hubble est un organe sensoriel cosmique.

Quelle est donc cette grande aventure dans laquelle nous vivons et dont chacun de nous ne peut faire l'expérience que l'espace d'un bref instant ? Peut-être qu'un télescope orbital pourra nous permettre un jour d'en savoir plus sur la nature de cette aventure. Là-bas, parmi les galaxies, se trouve peut-être la réponse à la question de savoir ce qu'est l'homme.

Je crois que j'ai employé le mot « énigme » de nombreuses fois dans cette lettre. Tenter de comprendre l'Univers peut sans doute se comparer à l'assemblage de toutes les pièces d'un grand puzzle. Bien qu'il s'agisse peut-être tout autant d'une énigme mentale ou spirituelle, et il est possible que nous ayons la réponse en nous. Car nous nous y trouvons, après tout. Nous sommes cet Univers.

Le processus de notre création n'est peut-être pas achevé. Le développement physique de l'homme devait naturellement intervenir avant son développement psychique. Et la nature physique de cet Univers n'est peut-être que quelque chose d'externe, un matériau indispensable à la connaissance de soi du grand tout.

J'ai une idée folle : soudain Newton a compris qu'il existait une gravitation universelle. Bien. Tout aussi subitement Darwin s'est dit qu'une évolution biologique avait eu lieu sur cette planète. Mais oui, super. Ensuite Einstein a découvert qu'il existait un rapport entre la masse, l'énergie et la vitesse de la lumière. Excellent ! Et en 1953 Crick et Watson ont démontré comment la molécule d'ADN, donc le support de l'hérédité des plantes et des animaux, était construite. Magnifique ! Mais on peut aussi imaginer qu'un jour – et quel jour, Georg ! –, qu'un jour une âme réfléchie, dans un instant de lucidité, résolve le mystère même de l'Univers. Je m'imagine qu'un tel événement pourrait subitement se produire. (Ce jour-là, j'aurais bien aimé être le rédacteur des titres d'un grand quotidien !)

Tu te souviens que j'ai commencé cette lettre en te disant que je voulais te poser une question ? La réponse que tu me donneras compte beaucoup pour moi. Mais il me reste encore quelque chose à te raconter.

Le télescope Hubble ! Nous y revenions. J'étais désormais convaincu que la grande question que mon père allait me poser avait un rapport avec l'espace.

Je me suis levé du lit et j'ai regardé par la fenêtre. La neige tombait toujours dru. Mais je me disais que c'était sans importance aucune. Car même quand la Terre est surplombée d'une couverture nuageuse, le télescope Hubble peut prendre des photos d'une netteté parfaite de galaxies à plusieurs milliards d'années-lumière de notre Voie lactée. Et il travaille vingt-quatre heures sur vingt-quatre. Il nous a déjà donné des centaines de milliers de photos et a déjà examiné plus de dix mille corps célestes. Tous les jours le télescope Hubble nous fournit suffisamment de données pour remplir tout un ordinateur domestique.

Mais pourquoi mon père écrivait-il de nouveau au sujet de ce télescope orbital ? J'étais incapable de percevoir son rapport avec la Belle aux oranges. Ce n'était toutefois plus l'essentiel. L'essentiel était que mon père avait connu l'existence *du télescope Hubble. Il avait* compris *son importance pour l'humanité. Il y était arrivé avant de tomber malade et de mourir. C'était l'une des dernières choses dont il s'était préoccupé.*

L'Œil de l'Univers ! Je n'avais jamais envisagé Hubble ainsi. Je l'avais vu comme la fenêtre de l'humanité sur l'Univers. Mais il n'était en l'occurrence nullement exagéré de qualifier ce télescope orbital « d'Œil de l'Univers ».

À l'époque, l'admiration sans bornes que le premier chemin de fer entre Christiania et Eidsvoll allait susciter a peut-être été un tantinet exagérée. En Norvège vit un millième de la population mondiale et, dans les années 1850, il en vivait peut-être un dixième de ce millième entre Christiania et Eidsvoll. Avec le télescope Hubble, tous les citoyens du monde peuvent voyager dans l'Univers entier. Lorsqu'il a été placé en orbite autour de la Terre, environ six mois avant la mort de mon père, la facture s'élevait à 2,2 milliards de dollars. J'ai calculé que cela revenait à environ quatre couronnes par habitant du monde, et je trouve donc le billet vraiment bon marché, je veux dire pour avoir la possibilité de se promener à travers tout l'Univers. À titre de comparaison, l'aller-retour Oslo-Eidsvoll revient à environ deux cents couronnes. Ce n'est sans doute pas particulièrement bon marché, et si certains sont d'accord sur ce point, il suffit de se plaindre auprès de la NSB[1]*. (Loin de moi l'idée d'être négatif au sujet de la NSB ou de l'ancien train lilliputien entre Christiania et Eidsvoll. Mais je dirais que le télescope Hubble est plus important pour l'humanité, y compris peut-être pour les agriculteurs du Romerike. Il n'est pas même exagéré de le qualifier d'Œil de l'Univers. C'était en tout cas l'avis de mon père, et pourtant il n'a pas eu le temps de voir qu'il avait de nouvelles lunettes !)*

« Le télescope Hubble est un organe sensoriel cosmique », écrivait-il. Je crois comprendre ce qu'il entendait par là. Nous pouvons peut-être affirmer que placer Hubble en orbite autour de la Terre était un petit pas pour l'humanité, puisqu'en 1990 nous avions déjà aussi bien des télescopes puissants qu'une navette spatiale. Mais c'était un grand bond pour l'Univers ! C'est en effet au nom de l'Univers entier que les hommes s'efforcent de trouver une réponse à la question de savoir ce qu'est ce grand tout. Ni plus ni moins ! ***L'Univers a mis presque quinze milliards d'années avant de se faire greffer quelque chose d'aussi fondamental qu'un œil lui permettant de se voir lui-même !*** *(J'ai passé une heure entière à écrire cette phrase. C'est pourquoi je l'ai mise en gras.)*

1. NSB : Chemins de fer de Norvège (NdT).

Je brûle, me suis-je dit. Je me suis hâté de poursuivre ma lecture et bientôt j'étais le témoin de ma propre naissance. Elle était exceptionnelle. Tous les enfants ne naissent pas dans un cocktail.

Mais raconte donc, mon cher père. Je ne voulais pas t'interrompre. C'est toi qui m'as demandé comment se portait le télescope Hubble, maintenant j'ai au moins répondu à cette question.

À partir de maintenant je vais être succinct, je le dois, car le temps file. Demain j'ai un rendez-vous important. C'est maman qui t'accompagnera au jardin d'enfants.

Nous vécûmes ensemble dans le petit appartement d'Adamstuen pendant quatre ans. Veronika obtint son diplôme de l'Académie des Beaux-Arts et continua, comme tu le sais, de peindre. Petit à petit elle se mit aussi à enseigner son art, comme professeur de dessin dans un lycée. Médecin en fin de formation, j'étais ce que l'on appelle interne. Cela impliquait que je devais travailler deux ans dans un hôpital.

Tu sais certainement qu'aussi bien grand-mère que grand-père sont nés à Tønsberg. C'est précisément à cette époque qu'ils souhaitèrent réaliser leur vieux rêve de prendre leur retraite et de retourner s'y installer. Un jour ils annoncèrent qu'ils avaient acheté une petite maison romantique à Nordbyen. Mon frère, oncle Einar donc, venait de partir en mer comme marin, je crois qu'il fuyait un chagrin d'amour. C'est ainsi que Veronika et moi nous installâmes dans la grande maison de Humleveien. Nous dûmes contracter un emprunt conséquent, mais à présent nous savions que nous avions des revenus.

Pendant notre première année Humleveien, nous nous occupâmes beaucoup du jardin. Nous conservâmes bien sûr les deux pommiers, le poirier et le cerisier, qui n'avaient besoin que d'une légère taille et d'un peu d'engrais. Nous conservâmes aussi les vieux framboisiers et n'eûmes pas le cœur de nous débarrasser des groseilliers à maquereau, des cassis et de la rhubarbe. Mais nous plantâmes des lilas, des rhododendrons et des hortensias. C'était Veronika qui décidait. J'avais vécu dans ce jardin presque toute ma vie. Elle devait dorénavant se l'approprier. Aux beaux jours elle installait son chevalet dans le jardin et peignait ce qui y poussait.

Un jour que nous cueillions des framboises, nous aperçûmes un énorme bourdon qui décollait soudain d'une fleur de trèfle et s'envolait en trombe. Je me fis alors la réflexion que les bourdons devaient voler incroyablement plus vite qu'un jumbo-jet, enfin proportionnellement à leur taille. J'en fis part à Veronika et nous effectuâmes un calcul simple. Nous établîmes qu'un bourdon devait peser environ vingt grammes et voler à une vitesse d'au moins dix kilomètres/heure. Et puis il y avait le jet, donc. Il vole à huit cents kilomètres/heure, c'est-à-dire quatre-vingts fois plus vite que le bourdon. Mais quatre-vingts fois vingt grammes, ça ne fait guère plus d'un kilo six. Veronika et moi étions d'accord pour dire qu'un Boeing 747 pesait bien plus que cela. Proportionnellement à son poids, le bourdon atteignait donc une vitesse plusieurs milliers de fois supérieure à celle de l'avion. Et un Boeing 747 a quatre moteurs. Ce n'est pas le cas du bourdon. Un bourdon n'est rien d'autre qu'un sommaire avion à hélices ! Nous rîmes. Nous riions de ce qu'un bourdon pouvait voler aussi vite et nous riions parce que nous habitions Humleveien.

C'est Veronika qui m'avait appris à constamment aiguiser mon regard sur les subtilités de la nature, et elles étaient infinies. Nous pouvions cueillir des anémones bleues ou des violettes et passer plusieurs minutes à étudier ces petites merveilles. Le monde n'était-il pas un seul conte renversant ?

Aujourd'hui, c'est-à-dire à l'instant où j'écris, je suis triste à la seule évocation de la fuite du bourdon pendant les furtives secondes de cet après-midi où nous étions dans le jardin à cueillir des framboises. Notre abandon était si total, Georg, nous étions si ouverts, si insouciants. J'espère que tu as hérité de cet esprit réceptif aux petits mystères. Ils ne donnent pas moins de matière à réflexion que les étoiles et les galaxies dans le ciel. Je crois qu'il faut plus d'intelligence pour créer un bourdon qu'un trou noir.

Ce monde m'est toujours apparu comme enchanté, depuis ma toute petite enfance, bien avant que je commence à espionner une Belle aux oranges dans les rues d'Oslo. Je garde ce sentiment d'avoir vu quelque chose que nul autre n'a vu. Il est difficile de décrire ce sentiment avec des mots simples, mais imagine notre monde avant toute cette litanie moderne au sujet des lois de la nature, de la théorie de l'évolution, des atomes, des molécules d'ADN, de la biochimie et des cellules nerveuses – oui, avant que ce globe ne se soit mis à tourner, avant qu'il n'ait été réduit à être une « planète » dans l'espace, et avant que le fier corps humain n'ait été morcelé en cœur, poumons, reins, foie, cerveau, système sanguin, muscles, estomac et intestins. Je parle de cette époque où un être humain était un être humain, je veux dire un être humain entier et fier, ni plus ni moins. Alors le monde n'était rien d'autre qu'un brillant conte de fées.

Un chevreuil surgit soudain du bois, il te regarde intensément pendant une seconde, puis disparaît. Quelle est donc l'âme qui met cet animal en mouvement ? Quelle est donc l'insondable énergie qui pare la terre de fleurs de toutes les couleurs de l'arc-en-ciel et orne le ciel nocturne d'une somptueuse dentelle d'étoiles étincelantes ?

Cette sensation de nature nue et franche, tu la trouves dans les contes populaires, par exemple ceux des frères Grimm. Lis-les, Georg. Lis les sagas islandaises, lis les mythes grecs et norrois, lis l'Ancien Testament.

Regarde le monde, Georg, regarde le monde avant d'avoir appris trop de physique et de chimie.

En cet instant précis, de grands troupeaux de rennes sauvages galopent sur le plateau venté du Hardangervidda. En Camargue, des milliers de flamants roses nichent. De séduisantes troupes de gazelles bondissent avec magie dans la savane africaine. Des milliers de milliers de manchots royaux papotent sur une plage glaciale en Antarctique, et ils ne souffrent pas, ils aiment ça. Mais ce n'est pas que la quantité qui compte. Un élan solitaire et songeur glisse la tête hors de la forêt de sapins de l'Østlandet. Il y a un an, l'un d'eux est venu se perdre jusqu'à Humleveien. Un lemming terrorisé file entre les planches de l'abri de Fjellstølen. Un phoque bien en chair fait un plat en plongeant d'une île près de Tønsberg.

Ne viens pas me dire que la nature n'est pas un miracle. Ne viens pas me dire que le monde n'est pas un conte de fées. Celui qui ne l'a pas compris ne le comprendra peut-être pas avant que le conte soit sur le point de se terminer. On dispose alors d'une dernière chance d'arracher ses œillères, d'une dernière occasion de se frotter les yeux de stupéfaction, d'une dernière possibilité de s'abandonner à ce miracle dont on prend congé et que l'on va quitter.

Je me demande si tu comprends ce que j'essaie d'exprimer, Georg. Personne n'a fait d'adieux étranglés de sanglots à la géométrie d'Euclide ou à la classification périodique des éléments. Nul n'a versé de larmes parce qu'il allait être déconnecté d'Internet ou des tables de multiplication. C'est le monde dont on prend congé, la vie, le conte de fées. Et puis on prend aussi congé d'une petite sélection de gens que l'on aime vraiment.

Il m'est arrivé de souhaiter avoir vécu avant l'invention des tables de multiplication, en tout cas avant la physique et la chimie modernes, avant que nous prétendions tout comprendre – je veux dire dans LE VRAI MONDE ENCHANTÉ ! Mais c'est exactement ainsi que m'apparaît la vie au moment où je suis devant l'ordinateur à t'écrire ces lignes.

Je suis moi-même un homme de science et je ne rejette aucune des sciences, mais j'ai aussi une conception mystique de la vie, presque animiste. Je n'ai jamais laissé Newton ou Darwin prendre le pas sur le mystère de la vie lui-même (regarde dans une encyclopédie si tu ne comprends pas certains mots. Il y en a une récente dans l'antichambre. Enfin, il y en a en tout cas une à l'heure où j'écris, et je ne sais pas si tu conviendras encore qu'elle est moderne).

Je vais te confier un secret : avant de commencer mes études de médecine, j'avais une alternative pour l'avenir. Soit je devenais écrivain, à savoir quelqu'un qui célèbre avec des mots le monde enchanté dans lequel nous vivons. Mais je t'en ai apparemment déjà parlé. Soit je devenais médecin, à savoir quelqu'un qui sert la vie. Par mesure de précaution, j'ai décidé de devenir médecin d'abord.

Je n'ai pas eu le temps de devenir écrivain. Mais j'ai eu le temps de t'écrire cette lettre.

Rentrer de mon cabinet et arriver auprès d'une Belle aux oranges peignant des fleurs de cerisier dans son jardin était comme la grande réalisation de tout ce dont j'avais pu rêver. Un jour, je fus si ému de la voir ainsi dans le jardin à mon retour que je la soulevai et la portai jusqu'à la chambre à coucher. Elle riait, comme elle riait ! Puis je l'étendis sur le lit où je la séduisis. Je n'ai pas honte de t'initier à cet aspect-là aussi du bonheur que nous vivions.

Pourquoi en aurais-je honte ? Il y a un fil rouge dans cette histoire.

La première chose que nous avions décidée en nous installant dans cette maison, après quelques mois de travaux de rénovation, c'était que nous n'entreprendrions plus rien pour ne pas avoir d'enfants. Nous l'avions décidé lors de la toute première nuit que nous y avions passée. Dès cette nuit nous avions commencé à te faire.

Et, Georg, alors que nous habitions Humleveien depuis un an et demi, tu naquis. J'étais tellement fier la première fois que je t'ai tenu dans mes bras. Tu étais un garçon. Si tu avais été une fille, tu aurais presque dû t'appeler Ranveig. Car c'était le nom qu'elle portait, la petite fille de cette Belle aux oranges qui était mère.

Après l'accouchement, Veronika était fatiguée et pâle, mais heureuse. Nous n'aurions pu être plus heureux. Un nouveau chapitre commençait, avec de toutes nouvelles règles.

Je vais te révéler encore un secret. Un de mes copains de fac travaillait dans cet hôpital, un médecin donc. Il vint nous voir dans la salle de travail avec du champagne pour l'accouchée et le jeune père. Ce n'était en fait pas autorisé, c'était même strictement interdit. Mais on pouvait tirer un petit rideau devant la fenêtre donnant sur le couloir, et nous levâmes donc tous trois notre verre à cette vie sur terre que tu avais commencé de vivre. Tu n'eus évidemment pas de champagne toi-même, mais tu fus bientôt porté au sein de Veronika, qui en tout cas avait bu quelques gorgées de champagne.

Mais lorsque la Belle aux oranges m'avait accompagné à l'aéroport de Séville cette fois-là, nous avions donc vu une colombe morte dans le caniveau. C'était mauvais signe. C'était peut-être parce que je n'avais pas suivi toutes les règles du conte de fées.

Te souviens-tu que nous sommes allés au chalet à Pâques ? Tu avais presque trois ans et demi. Mais tu as certainement tout oublié. Quand on étudie la médecine, on suit aussi quelques cours de psychologie : on n'est pas en mesure de se rappeler grand-chose de la vie que l'on avait avant ses quatre ans.

Je me souviens que nous étions tous deux adossés au mur du chalet et que nous partagions une orange, Veronika l'a filmé, presque comme si elle se doutait qu'une fin était proche. Ne peux-tu pas lui demander si elle a encore cette vidéo, Georg ? Peut-être trouvera-t-elle douloureux de la ressortir, mais demande-lui tout de même.

Après Pâques, j'ai compris que j'étais gravement malade. Veronika n'en croyait rien, mais je le savais. J'étais fort en interprétation des signes. Je savais bien établir un diagnostic.

Je suis alors allé voir un confrère, c'était d'ailleurs ce médecin qui nous avait offert du champagne à l'hôpital à ta naissance. Il a effectué quelques prélèvements sanguins, puis a réalisé ce que l'on appelle un CT scanner, une sorte d'examen radiographique. Il était entièrement d'accord avec moi. Nos conclusions médicales étaient identiques.

Un nouveau quotidien a alors vu le jour. C'était une catastrophe pour Veronika et moi, mais nous devions essayer de te tenir aussi longtemps que possible à l'écart de la zone du sinistre. Une fois de plus, de nouvelles règles furent soudain instaurées. Des mots comme aspirations, patience et manque changeaient de signification. Nous ne pouvions plus nous promettre d'être ensemble tous les jours pendant les années à venir. Nous ne pouvions plus rien nous promettre du tout. Nous étions tout d'un coup devenus si pauvres et nus. Le pronom « nous deux » qui avait réchauffé nos cœurs était méchamment fissuré. Nous ne pouvions plus rien exiger l'un de l'autre, nous ne pouvions plus partager nos espoirs concernant l'avenir.

Maintenant que tu as lu ces lignes, tu connais un peu l'histoire de ma vie. Tu sais qui je suis. Ça me fait du bien d'y songer.

D'une certaine manière tu me connais mieux que bien d'autres ne me connaissent, bien que nous ne nous soyons pas parlé en tête à tête depuis ce moment où tu avais à peine quatre ans. Parce que je n'ai pas toujours communiqué aussi ouvertement avec d'autres personnes que je l'ai fait avec toi dans cette lettre. Alors tu comprendras certainement aussi à quel point il m'a été difficile d'accepter les nouvelles règles. Je savais où cela allait vraisemblablement me mener et je devais progressivement m'habituer à l'idée que je vous quitterais, toi et la Belle aux oranges.

Mais il est quelque chose que je dois te demander, Georg. Je ne peux presque plus attendre. Laisse-moi juste te raconter d'abord ce qui s'est passé ici, Humleveien, il y a quelques semaines.

Veronika est à l'école le matin, elle apprend à des jeunes gens à peindre des oranges. Je lui ai dit qu'elle ne devait pas rester avec moi toute la journée. Nous deux, toi et moi, partageons notre petit déjeuner. Ensuite je t'accompagne au jardin d'enfants, et j'ai alors ces heures pour moi où je suis devant le PC dans l'antichambre à t'écrire cette longue lettre. Souvent je dois marcher en équilibre dans la pièce pour ne pas buter dans ton train Brio. Si quelque chose avait été déplacé, tu le découvrirais aussitôt.

Parfois je dors un peu, pas parce que je me sens mal, mais parce que je n'arrive pas à m'apaiser la nuit, car c'est à ce moment que les pensées viennent, qu'elles sont le plus dévastatrices. Alors que je suis sur le point de m'endormir, je vois trop bien les insolubles énigmes, le grand et vilain conte sans bonnes fées, peuplé uniquement de noirs présages, de sombres esprits et de mauvais génies. Mieux vaut alors renoncer au sommeil nocturne et m'endormir sur le canapé le matin, quand il fait jour dehors.

Je trouve moins pénible de rester éveillé quand je vous sais à la maison, toi et Veronika, quand je vous sais tous deux allongés à dormir. De plus, je sais qu'il me suffit de réveiller Veronika, et parfois je le fais, pour qu'elle se lève avec moi. Il nous est arrivé de rester debout toute la nuit. Nous n'avons alors pas tellement parlé. Nous nous sommes contentés de rester assis ensemble. Nous avons préparé du thé. Nous avons mangé une tartine de fromage. C'est devenu ainsi, Georg. Ce sont les nouvelles règles.

Nous pouvons passer des heures à nous tenir la main. Parfois j'abaisse mon regard sur sa main, elle est si douce et belle, puis je regarde la mienne, ou peut-être juste un doigt, juste un ongle. Pour combien de temps encore ai-je ce doigt, me demandé-je. Ou alors je porte sa main à mes lèvres pour l'embrasser.

Je pense que cette main que je suis en train de tenir, je vais la tenir jusqu'au dernier instant, peut-être dans un lit d'hôpital, et peut-être pendant plusieurs heures d'affilée, jusqu'à ce que je finisse par larguer les amarres et que je lâche prise. Nous sommes d'accord sur ce déroulement des choses, elle me l'a déjà promis. C'est bon d'y songer. Et c'est d'une tristesse indescriptible. Au moment où je lâcherai prise sur l'Univers, c'est une main chaude et vivante que je lâcherai, la main de la Belle aux oranges.

Imagine, Georg, imagine qu'il y ait une main à saisir dans l'au-delà aussi ! Mais je ne crois pas à l'existence d'un au-delà. J'en suis presque certain. Tout ce qui est ne dure que jusqu'à ce que tout soit terminé. Mais la dernière chose qu'un être humain tienne, c'est souvent une main.

Je t'ai écrit que l'une des choses les plus contagieuses que je connaisse est le rire. Mais le chagrin aussi peut l'être. Il en va autrement de l'angoisse. Elle ne contamine pas aussi aisément que le rire et le chagrin, et c'est bien ainsi. L'angoisse, on l'affronte presque entièrement seul.

J'ai peur, Georg. J'ai peur d'être poussé hors de ce monde. J'ai peur de soirs comme celui-ci, que je n'aurai plus le droit de vivre.

Mais une nuit tu t'es réveillé, c'est cela que je voulais te raconter. J'étais dans le jardin d'hiver et soudain tu es arrivé dans le salon en trottinant de ta chambre. Tu t'es frotté les yeux et tu as regardé autour de toi. En temps normal tu aurais monté l'escalier menant à notre chambre, mais là tu es resté dans le salon, sans doute parce que tu avais vu toutes les lumières allumées. Je suis sorti du jardin d'hiver et suis venu dans le salon te prendre dans mes bras. Tu m'as dit que tu ne pouvais pas dormir. Tu l'as peut-être dit parce que tu nous avais entendus, maman et moi, discuter du fait que papa n'arrivait pas à dormir.

Je dois avouer que j'ai aussitôt été envahi par une joie indescriptible de te voir réveillé, tu arrivais quand papa avait le plus besoin de toi. Aussi n'ai-je rien fait pour que tu te rendormes.

Je voulais tant te parler de tout cela, mais je savais aussi que je ne le pouvais pas, tu étais bien trop petit.

Tu étais toutefois assez grand pour me réconforter. Si seulement tu restais éveillé, je voulais bien passer quelques heures avec toi cette nuit-là. C'était une de ces nuits où j'aurais sans doute réveillé Veronika. À présent elle pouvait donc rester à dormir.

Je savais le ciel merveilleusement dégagé, je l'avais vu depuis la véranda. C'était la dernière quinzaine d'août, et tu n'avais sans doute jamais vu de ciel étoilé, en tout cas pas pendant la lumineuse saison estivale qui venait de s'écouler, et l'année précédente tu étais tellement petit. Je t'ai mis un pull chaud et un pantalon en jersey et j'ai enfilé un blouson, puis nous nous sommes assis sur la terrasse, toi et moi. J'avais déjà éteint les lumières à l'intérieur et j'ai aussi éteint celles de l'extérieur.

D'abord j'ai désigné une Lune mince comme un fil. Elle se tenait bas dans le ciel, à l'est. Le croissant était orienté vers la droite, elle était donc croissante. Je te l'ai dit.

Assis sur mes genoux, tu t'imprégnais de toute la sécurité qui t'entourait. Moi aussi, je buvais de cette sécurité qui émanait de toi. Puis j'ai entrepris de te montrer toutes les étoiles et les planètes là-haut, sur la voûte céleste. Je voulais tant te raconter tout cela, tout ce grand conte de fées dont nous faisions partie, cet énorme puzzle dont toi et moi étions de minuscules pièces. Ce conte était régi par des lois et des règles que nous ne pouvions comprendre, que nous pouvions aimer ou ne pas aimer, mais auxquelles nous devions de toute façon nous plier.

Je savais que j'allais bientôt te quitter, mais je ne pouvais pas te le dire. Je savais que j'étais vraisemblablement sur le chemin de la sortie de ce grand conte que nous étions tous deux en train de regarder, mais je ne pouvais pas te le confier. Au lieu de cela, je me suis mis à te parler des étoiles, d'abord avec des mots que tu étais en mesure de comprendre, mais bientôt je m'étais échauffé, et de proche en proche j'ai parlé librement de l'espace, comme si tu avais été mon fils adulte.

Et tu me laissais parler, Georg. Tu aimais m'entendre te raconter ces énigmes, même si tu n'étais pas capable de toutes les saisir. Peut-être comprenais-tu en fait un peu plus de mes propos que ce que j'imaginais. En tout cas, tu ne m'as pas interrompu, pas plus que tu ne t'es endormi. C'était comme si tu comprenais que, cette nuit-là, tu ne pouvais pas me laisser tomber. Peut-être avais-tu l'intuition que ce n'était pas vraiment moi qui te gardais. C'était toi qui me gardais. C'était toi qui étais papa-sitter.

Je t'ai expliqué qu'il faisait nuit parce que le globe terrestre tournait sur son propre axe et qu'il avait maintenant le dos tourné au Soleil. J'ai ajouté que c'était juste aux moments où le Soleil se levait et où il se couchait que l'on pouvait voir que la boule terrestre tourne. Ça, tu pouvais peut-être le comprendre, même si nous chantions parfois une berceuse qui commençait par ce vers : « Maintenant le soleil ferme son œil, bientôt je fermerai aussi le mien… » T'en souviens-tu ?

J'ai désigné Vénus et t'ai raconté que cette étoile était une planète en orbite autour du Soleil, exactement comme la Terre. À cette époque de l'année nous pouvions voir Vénus bas dans l'orient du ciel, parce que le Soleil brille sur elle exactement de la même manière qu'il brille sur la Terre. Puis je t'ai confié un secret. Je t'ai raconté que je pensais à

Veronika chaque fois que je levais les yeux sur cette planète, car « Vénus » était un ancien mot pour amour.

J'ai poursuivi en t'expliquant que presque tous les points lumineux que nous voyions dans le ciel étaient de vraies étoiles, car chacune des petites étoiles du ciel était un soleil brûlant. Sais-tu ce que tu as alors répondu ? « Mais les étoiles ne nous donnent pas de coups de soleil. » L'été avait été radieux, Georg, nous avions dû t'enduire le corps entier de crème solaire à fort indice. Je t'ai pressé tout contre moi et j'ai chuchoté : « C'est juste parce qu'elles sont très, très loin de nous. »

Tandis que j'écris ces lignes, tu rampes à quatre pattes par terre et tu fais une nouvelle construction à partir de ton train Brio.

Je me dis que c'est le quotidien. C'est la réalité. Mais la porte de sortie de la réalité est largement entrebâillée.

Il est tant de choses auxquelles il faut s'arracher ! Nous en laissons tant derrière nous.

Il n'y a pas longtemps, tu es venu me demander ce que j'étais en train d'écrire sur l'ordinateur. Je t'ai répondu que j'écrivais une lettre à mon meilleur ami.

Tu as sans doute trouvé curieux que ma voix soit si triste quand je t'annonçais que j'écrivais une lettre à mon meilleur ami. Tu as demandé :

– C'est pour maman ?

Je crois que j'ai secoué la tête.

– Maman est mon amoureuse. C'est complètement différent.

– Et moi alors ? t'es-tu ensuite enquis.

Tu m'avais pris au piège. Je t'ai soulevé sur mes genoux devant l'ordinateur, t'ai serré contre moi et t'ai dit que tu étais mon meilleur ami.

Par bonheur, tu ne m'en as pas demandé davantage. Tu ne pouvais pas t'imaginer que cette lettre t'était adressée. Et puis je trouvais curieux de m'imaginer que tu la lirais peut-être un jour.

Le temps, Georg. Qu'est-ce que le temps ?

J'ai continué de raconter – même si je savais que tu n'étais plus en mesure de saisir ce que je disais.

L'espace est aussi très vieux, ai-je dit, il est peut-être vieux de quinze milliards d'années. Pourtant personne n'a encore réussi à découvrir comment il est formé. Nous vivons ensemble une seule grande aventure dont nul ne sait ce qu'elle est. Nous dansons et jouons et bavardons et rions dans un monde dont nous sommes incapables de comprendre comment il est apparu. Cette danse, ce jeu sont la musique de la vie, ai-je ajouté. Tu l'entends partout où il y a des hommes, exactement comme il y a une tonalité dans tous les téléphones.

Tu as penché la tête en arrière pour me regarder. Tu avais en tout cas compris cette histoire de tonalité dans tous les téléphones. Tu adorais soulever le combiné et écouter.

Ensuite, Georg, je t'ai posé une question, et c'est cette même question que je vais de nouveau te poser à présent que tu es en mesure de la comprendre.

C'est à cause de cette question que je t'ai raconté cette longue histoire de la Belle aux oranges.

J'ai dit : « Imagine que tu sois quelque part au seuil de ce conte, à un moment donné il y a plusieurs milliards d'années, lorsque tout fut créé. Tu pourrais alors décider si tu souhaites un jour naître à une vie sur cette planète. Tu ne saurais pas quand tu vivrais et tu ne saurais pas non plus combien de temps tu pourrais rester, mais il ne serait quoi qu'il en soit pas question de plus de quelques années. Tu saurais seulement que si tu choisissais de venir un jour au monde, quand le temps serait venu, comme on dit, ou dans la "plénitude du temps", tu devrais aussi un jour le quitter et tout abandonner. Cela t'infligerait peut-être beaucoup de chagrin, car de nombreuses personnes trouvent la vie dans le grand conte de fées si merveilleuse qu'à la seule idée qu'elle se terminera un jour elles voient leurs yeux s'embuer. Tout peut être si bon ici que c'est effroyablement douloureux de songer qu'un jour les nouveaux jours cesseront de naître. »

Tu es resté complètement silencieux. Et j'ai ajouté : « Qu'aurais-tu choisi, Georg, je veux dire s'il existait une puissance supérieure qui t'aurait donné ce choix ? Nous pouvons peut-être imaginer une telle fée cosmique dans ce grand conte énigmatique. Aurais-tu choisi de vivre une vie sur Terre, brève ou longue, dans cent mille ou cent millions d'années ? »

Je crois que j'ai inspiré profondément une ou deux fois avant de poursuivre violemment : « Ou aurais-tu refusé de participer à ce jeu parce que tu n'en acceptais pas les règles ? »

Tu étais toujours complètement silencieux sur mes genoux. Va savoir à quoi tu songeais. Tu étais un miracle vivant. J'avais l'impression que ta chevelure de blé sentait les mandarines. Tu étais un ange bien vivant de chair et de sang.

Tu ne t'étais pas endormi. Mais tu ne disais rien non plus.

Je suis sûr que tu avais entendu ce que j'avais dit, peut-être avais-tu même écouté. Mais ce qui s'agitait dans ton esprit, je ne pouvais pas le deviner. Nous étions collés l'un contre l'autre. Et pourtant nous étions tout d'un coup si terriblement loin l'un de l'autre.

Je t'ai serré encore plus près de moi, tu croyais sans doute que je craignais que tu n'eusses froid. Et puis je t'ai trahi, Georg, car je me suis mis à pleurer. Je ne le voulais pas et j'ai aussitôt essayé de me ressaisir. Mais j'ai pleuré.

Je m'étais moi-même souvent posé cette question au cours des dernières semaines. Aurais-je choisi de vivre une vie sur Terre si j'avais pertinemment su que j'en serais soudain arraché, peut-être même au beau milieu de l'ivresse du bonheur ? Ou aurais-je dès le départ décliné cette proposition de participer à ce jeu à perdre haleine de « je donne et puis je reprends » ? Car nous ne venons au monde qu'une seule fois. On nous laisse entrer dans le grand conte. Et, ni une ni deux, le conte est fini !

Non, je n'étais pas sûr du choix que j'aurais effectué. Je crois que j'aurais refusé d'accepter les conditions. Peut-être aurais-je poliment refusé toute cette proposition de visiter ce grand conte de fées, puisque la visite devait être courte, et peut-être n'aurais-je pas même fait preuve de cette politesse. J'aurais peut-être répondu en rugissant que ce dilemme était tellement merdique que je refusais d'en entendre parler. Je le croyais, au moment où tu étais sur mes genoux sur la terrasse j'étais intimement persuadé que j'aurais décliné la proposition dans son entier.

Si j'avais choisi de ne jamais passer la tête dans ce grand conte, je n'aurais pas su ce que je manquais non plus. Tu comprends ce que j'entends par là ? Parfois c'est, pour nous autres les êtres humains, pire de perdre une chose aimée que de ne jamais l'avoir possédée. Écoute seulement : si la Belle aux oranges n'avait pas tenu sa promesse que nous nous verrions chaque jour du semestre suivant son retour d'Espagne, il aurait mieux valu pour moi ne jamais la rencontrer. Il en va ainsi dans d'autres contes aussi. Crois-tu que Cendrillon aurait choisi d'aller au château en tant que princesse si elle avait su que le jeu durerait à peine une semaine ? Que crois-tu qu'elle aurait alors ressenti en retrouvant ses bacs de cendre et ses pelles à braises, sa méchante belle-mère et ses vilaines sœurs ?

Mais c'est à toi de répondre maintenant, Georg, je vais te laisser la parole. C'est pendant que nous regardions tous deux le ciel, cette nuit-là, que j'ai décidé de t'écrire cette longue lettre. C'est à ce moment-là que j'ai soudain éclaté en sanglots. Je ne pleurais pas seulement parce que je savais que j'allais sans doute vous quitter, toi et la Belle aux oranges. Je pleurais parce que tu étais tellement petit. Je pleurais parce que nous ne pouvions pas avoir ensemble de véritable conversation.

Je te le demande encore. Qu'aurais-tu choisi si tu en avais eu l'occasion ? Aurais-tu choisi de vivre un court instant sur Terre pour ensuite, après quelques années, être arraché à tout cela et ne plus jamais revenir ? Ou aurais-tu décliné l'offre ?

C'est ta seule alternative. Car ainsi sont les règles. Si tu choisis de vivre, tu choisis aussi de mourir.

Mais, dis, promets-moi de prendre ton temps et de bien réfléchir avant de répondre.

Je vais peut-être trop loin. Je m'ouvre peut-être trop. Et je n'ai aucun droit de le faire. Mais la réponse que tu donneras à cette question est pour moi d'une importance énorme, puisque je suis directement responsable de ta présence ici. Tu n'aurais pas pu venir au monde si je n'y étais pas moi-même venu.

Je peux éprouver une sorte de culpabilité d'avoir participé à te mettre au monde. D'une certaine manière, c'est moi qui t'ai donné cette vie, ou plutôt la Belle aux oranges et moi, naturellement. Mais, de même, c'est aussi nous qui allons te la reprendre. Donner naissance à un petit enfant, ce n'est pas seulement offrir à cet enfant le grand Don du Monde. C'est aussi reprendre cet incompréhensible cadeau.

Je dois être honnête avec toi, Georg. Pour ma part, je dis donc que j'aurais sans doute décliné cette offre de faire dans ce grand conte une sorte de *sightseeing* éclair sur le thème « fais connaissance avec le monde ». Je l'aurais fait. Et si tu penses comme moi, je me sens coupable de ce que j'ai contribué à mettre en place.

Je me suis laissé séduire par la Belle aux oranges, je me suis laissé tenter par l'amour, je me suis laissé enjôler par l'idée d'avoir un enfant. Sonne maintenant l'heure des remords et du désir d'expiation. Ai-je fait quelque chose de mal ? Cette question, je la ressens comme un sanglant cas de conscience. Assorti du besoin de laisser les choses en ordre après moi.

Mais Georg, un nouveau dilemme peut apparaître maintenant, et il n'est peut-être pas aussi difficile – ou de nature aussi maligne – que le premier. Si toi, tu réponds malgré tout que tu aurais choisi de vivre, pour aussi peu de temps que ce soit, alors je n'ai au fond pas le droit de souhaiter n'être jamais né.

Ainsi il est possible que cette comptabilité s'équilibre, que les deux postes se compensent. C'est bien sûr ce que j'espère. C'est pour cela que j'écris.

Tu ne peux pas répondre directement à la question que je t'ai posée. Mais tu peux me répondre indirectement. Tu peux répondre par la manière dont tu choisis de vivre cette vie commencée lorsque Veronika et moi et un médecin désobéissant avons levé notre verre à ta santé à l'hôpital. Ce médecin à champagne a été une bonne fée pour toi, j'en suis sûr et certain.

Maintenant tu peux reposer ces salutations que je t'envoie. C'est à ton tour de vivre, à présent.

Quant à moi, je vais être hospitalisé demain. C'était cela mon rendez-vous important. C'est maman qui devra t'accompagner au jardin d'enfants.

Il fallait que j'écrive cela aussi. Et je dois ajouter que je ne peux pas te promettre de jamais revenir Humleveien.

Georg ! J'ai une dernière question à te poser : puis-je être certain qu'il n'est pas d'existence après celle-là ? Puis-je être totalement convaincu que je ne me trouve pas ailleurs au moment où tu lis cette missive ? Non, totalement convaincu, je ne peux pas l'être. Car à partir du moment où le monde existe, les limites de l'invraisemblable sont déjà dépassées. Comprends-tu ce que j'entends par là ?

Je suis déjà si saturé d'étonnement qu'un monde existe que je ne saurais être davantage étonné si jamais il s'avérait qu'il existe aussi un monde après.

Je me souviens qu'il y a quelques jours nous avons passé tous deux quelques heures à jouer sur l'ordinateur. C'était sans doute moi que ce jeu amusait le plus, j'avais un besoin si cruel de me changer un peu les idées. Mais chaque fois que nous « mourions » dans ce jeu, s'ouvrait aussitôt un nouveau tableau, et nous recommencions. Comment savoir s'il n'existe pas de « nouveau tableau » pour nos âmes aussi ? Je ne le crois pas, je ne le crois vraiment pas. Mais rêver de quelque chose d'invraisemblable porte un nom. Nous appelons cela l'espoir.

CETTE NUIT SUR LA TERRASSE, JE M'EN SOUVENAIS ! Elle s'était incrustée dans ma moelle épinière, tatouée dans mon cœur. Et la lecture de son évocation m'avait plusieurs fois donné des frissons dans le dos.

Avant aujourd'hui j'avais d'une certaine manière tout oublié, car je ne me serais jamais souvenu de cette nuit étoilée si je n'avais rien lu à son sujet, mais à présent je m'en souvenais presque trop bien. PEUT-ÊTRE EST-CE LE SEUL VÉRITABLE SOUVENIR QUE J'AIE DE MON PÈRE.

J'étais incapable de me souvenir de lui à Fjellstølen. J'avais beau me creuser la tête, je ne parvenais pas à me souvenir de nos promenades autour de Sognsvann non plus. Mais je me souvenais de cette nuit enchantée sur la terrasse. Enfin, je m'en souvenais d'une manière tout autre. Je m'en souvenais comme d'un conte, comme d'un rêve aux couleurs chatoyantes.

Je m'étais réveillé. Papa était arrivé de la véranda et m'avait soulevé haut en l'air. Il m'avait dit que nous allions sortir voler dans l'espace. Que nous allions regarder les étoiles. Il devait donc m'habiller chaudement, car dans l'espace le froid était mordant. Papa voulait me montrer les étoiles dans le ciel. Il le devait. C'était la seule chance qu'il avait de le faire et nous devions la saisir.

Je savais que papa était malade ! Mais il ignorait que je le savais. C'est maman qui m'avait confié ce secret. Elle m'avait expliqué que papa devrait peut-être aller à l'hôpital et que c'était la raison pour laquelle il avait tant de chagrin. Je crois me souvenir qu'elle me l'avait dit l'après-midi même. C'est peut-être pour cette raison que je m'étais réveillé, c'est peut-être pour cette raison que je n'arrivais pas à me rendormir.

À présent je me souvenais tout à fait distinctement de la longue nuit du voyage dans l'espace avec mon père sur la terrasse. Je crois que j'avais compris que mon père risquait peut-être de nous quitter. Mais à présent il allait d'abord me montrer où il allait partir.

Et puis – je frissonne encore en l'écrivant – pendant que nous voyagions dans l'espace, papa s'était subitement mis à pleurer. Je savais pourquoi il pleurait, mais lui ne savait pas que je savais. Je ne pouvais donc rien dire. Je devais donc rester muet comme une carpe. Il était bien trop dangereux de parler de ce qui allait se passer.

Et puis il y a autre chose : après cette nuit, j'ai toujours su que l'on ne pouvait pas faire confiance aux étoiles dans le ciel. Elles ne peuvent en tout cas pas nous sauver de quoi que ce soit. Les étoiles du ciel aussi, nous allons rompre avec elles et les quitter un jour.

Lorsque papa et moi naviguions dans l'espace et que papa avait soudain fondu en larmes, j'avais compris que l'on ne pouvait avoir confiance en rien au monde.

Après avoir lu les dernières pages de la lettre j'ai enfin su pourquoi je m'étais toujours tant intéressé à l'espace. C'était mon père qui m'avait ouvert les yeux sur cette perspective. C'était lui qui m'avait appris à lever les yeux de tout ce qui frotte ici-bas. J'étais devenu un petit astronome amateur bien avant d'être conscient de l'être.

Il n'y avait donc plus rien de si étrange à ce qu'aussi bien mon père que moi nous soyons intéressés au télescope Hubble. C'était de lui que je le tenais ! J'avais simplement repris là où il s'était arrêté. C'était une sorte d'héritage. Et cela n'a-t-il pas été ainsi de tout temps ? Les premiers préparatifs du télescope Hubble ont été faits à l'âge de pierre. Non, en fait : le tout premier travail préparatoire remonte à quelques microsecondes après la création du temps et de l'espace, lors du big bang.

Il est une action que l'on nomme semer une graine. Mon père en a eu le temps avant de mourir. D'une certaine manière, c'est lui qui m'a donné le sujet de mon grand exposé. Je ne crois pas que mon père ait manifesté d'intérêt particulier pour le football anglais. Par bonheur il a échappé aux Spice Girls. J'ignore ce que Roald Dahl représentait pour lui.

J'avais fini de lire. J'étais en train de réfléchir un peu lorsque maman a de nouveau frappé à la porte.

– Georg ? m'a-t-elle simplement demandé.

Je lui ai annoncé que j'avais terminé ma lecture.

– Tu vas bientôt sortir de ta chambre, alors ?

Je lui ai répondu que c'était à elle d'entrer.

Puis j'ai ouvert la porte et l'ai laissée entrer. Heureusement, elle l'a rapidement fermée derrière elle.

Je n'étais nullement embarrassé par les larmes dans mes yeux. Maman aussi avait eu les larmes aux yeux la première fois qu'elle avait rencontré mon père. Maintenant c'était moi qui l'avais rencontré.

J'ai enlacé le cou de la Belle aux oranges et dit :

– Mon papa nous a quittés.

Maman m'a serré contre elle. Elle pleurait, elle aussi.

Nous sommes restés un moment au bord du lit. Elle s'est bientôt mise à m'interroger sur ce que mon père m'avait écrit.

– Tu comprends bien que j'ai hâte de le savoir. Dans un sens cela m'effraie un peu aussi. J'ai presque peur de la lire.

Je lui ai dit que mon père n'avait écrit qu'une longue lettre d'amour, et maman a bien sûr cru que c'était une lettre d'amour pour moi. Il fallait vraiment lui mâcher le travail. Je lui ai expliqué que mon père lui avait fait une déclaration d'amour à elle, à la Belle aux oranges.

Puis j'ai ajouté :

– J'étais le meilleur ami de papa. Toi, tu étais son amoureuse. C'est complètement différent.

Elle est restée assise au bord du lit un long moment sans rien dire. Elle était encore jeune. Après avoir lu le long récit sur la Belle aux oranges, je voyais combien elle était belle. C'est vrai qu'elle évoquait un peu un écureuil. Mais elle ressemblait avant tout à un grand oisillon, dont je voyais le bec trembler.

– Qui était mon père ?

Elle a sursauté. Après tout elle ne savait pas précisément ce que je venais de passer plusieurs heures à lire.

– C'est Jan Olav, évidemment.

– Oui, mais qui était-il ? Comment était-il, je veux dire.

– Ah...

Petit à petit elle a esquissé un petit sourire de Joconde. Elle m'a lancé un regard presque voilé. Maintenant, je remarquais en outre une chose que mon père avait plusieurs fois signalée. Je voyais combien elle était concentrée. Je voyais comment ses yeux marron vacillaient ou se livraient à une danse agitée.

– C'était quelqu'un de très, très attendrissant... un être vraiment rare. Et puis c'était un grand rêveur, je devrais peut-être dire un créateur de mythes... Il pouvait répéter inlassablement que la vie est un conte et je crois vraiment qu'il avait un... un sentiment de la vie presque magique. Et c'était aussi un grand romantique... mais nous l'étions tous les deux. Et puis soudain il est tombé malade, je ne te cacherai pas qu'il a rencontré la mort avec un insondable chagrin. C'était dur à voir, très dur même. Il m'aimait sans doute beaucoup... et toi aussi bien sûr... oui, il te vénérait. Et il était dans l'incapacité de nous perdre. Mais il ne pouvait pas

résister à la maladie, il nous a été arraché avec violence et brutalité. Il n'a jamais accepté son destin, jamais, jusqu'au dernier instant. Et le vide qu'il a laissé s'en est trouvé d'autant plus grand... Mais je cherche un mot...

– J'ai le temps.

– Il était ce que l'on appelle un enthousiaste. C'est ça que je voulais dire.

C'était mon tour de sourire.

– Et puis il était honnête. Et il se connaissait bien. Il n'était pas dépourvu d'autodérision. Tout le monde n'a pas cette qualité.

Maman a eu un regard d'incompréhension.

– Peut-être. Mais comment le sais-tu ?

J'ai désigné la pile de feuilles.

– Un jour tu pourras tout lire. Tu comprendras ce que je veux dire.

De nouveau la Belle aux oranges a dû s'essuyer les yeux. Mais nous ne pouvions pas rester plus longtemps dans ma chambre de garçon à pleurnicher. Que penserait Jørgen ? Je ne l'enviais pas.

– Il faut que nous allions voir les autres, ai-je déclaré.

Lorsque je suis entré dans le salon, j'avais le sentiment d'avoir vieilli de plusieurs années depuis le moment où j'étais allé dans ma chambre avec la lettre de mon père, quelques heures plus tôt. Je me sentais si adulte que je ne me souciais pas de tous les regards curieux qui venaient à ma rencontre.

Ils avaient posé des plats froids sur la grande table. Du poulet, du jambon, de la salade Waldorf avec des quartiers d'orange et un grand bol de salade verte. Nous nous sommes installés tous les cinq, j'étais en bout de table.

Quand il y a beaucoup de monde, maman dit souvent : « Maintenant, il faut que quelqu'un prenne les rênes. » J'avais ce sentiment à présent, et c'était moi qui prenais les rênes. De toute façon c'était moi que tout le monde scrutait du regard. Dans un sens, c'était moi le personnage principal.

Au moment où nous nous mettions à table, j'ai regardé les quatre autres et j'ai annoncé :

– J'ai lu une longue lettre que mon père m'a écrite juste avant de mourir. Et je comprends que tout le monde ait hâte de savoir ce qu'il m'a écrit...

Le silence complet régnait dans la pièce. Que voulais-je dire ? Comment allais-je poursuivre ?

J'ai continué :

– Cette lettre m'était donc adressée à moi. Mais nous sommes plusieurs à avoir aimé mon père. J'ai maintenant une bonne et une mauvaise nouvelle. Je vais commencer par la première. Tous ceux qui sont présents dans cette pièce vont pouvoir lire l'intégralité de cette lettre. Jørgen aussi. La mauvaise nouvelle, c'est que personne ne la lira ce soir.

Grand-mère était restée penchée en avant, pleine d'espoir. Une ombre de déception a terni son visage. Cette ombre était la preuve même qu'elle n'avait pas lu la lettre de mon père, ni cette fois ni onze ans auparavant. La lettre avait réellement passé onze ans dans la doublure de la vieille poussette.

– Il faut laisser cette lettre de mon père se tasser un peu en moi avant que tout le monde se mette à

parler de ce qu'il a écrit. Et puis il me faut un peu de temps pour décider ce que je vais répondre à une question grave qu'il m'a posée. Et il faut notamment que je trouve comment je vais lui répondre.

À l'évidence, tous acceptaient ce que j'avais dit. Nul n'a insisté pour savoir ce que mon père avait écrit. Jørgen s'est même levé de table pour venir me voir. Il m'a donné une tape amicale sur l'épaule :

– Ça me paraît raisonnable, Georg. Je crois que tu fais bien de laisser tout cela se tasser un peu.

J'ai alors dit :

– Et puis minuit approche. Il serait temps que nous dormions un peu.

J'ai entendu combien je m'exprimais de manière adulte et solennelle. J'étais adulte maintenant.

Mais cette nuit-là je n'ai pas fermé l'œil. Longtemps après que le silence se fut fait dans la maison, je suis resté allongé sur mon lit à regarder le paysage blanc. Il avait depuis longtemps cessé de neiger.

Au milieu de la nuit, je me suis habillé. J'ai aussi enfilé une doudoune, un bonnet, une écharpe et des moufles. Puis j'ai traversé la véranda et suis sorti sur la terrasse. J'ai ôté la neige du banc en fer forgé et je me suis assis. J'avais éteint les lumières extérieures.

Je regardais un ciel étoilé étincelant en essayant de retrouver l'atmosphère de cette nuit où j'avais été assis sur les genoux de mon père. Je crois que je me souvenais de la manière dont il m'avait serré tout contre lui. Il me semblait me souvenir que c'était pour que je ne tombe pas du vaisseau spatial. Puis le grand homme à la voix de stentor s'était soudain mis à pleurer.

J'essayais de réfléchir à cette question grave qu'il m'avait posée. Mais je ne parvenais pas à décider ce que je lui répondrais.

Pour la première fois de ma vie, je prenais vraiment conscience qu'un jour je devrais moi aussi quitter ce monde et tout laisser derrière moi. C'était désagréable d'y songer. Insupportable même. Et c'était mon père qui m'avait ouvert les yeux sur tout cela. Ça, je ne le trouvais pas désagréable. C'était bien de savoir à quoi m'en tenir. C'était comme de savoir combien d'argent j'avais sur mon compte. Et c'était en outre délicieux de me dire que je n'avais que quinze ans.

Et pourtant, il aurait peut-être malgré tout mieux valu ne jamais naître, car j'étais déjà incroyablement triste de devoir un jour partir d'ici. Mais j'ai décidé de faire ce que mon père m'avait dit dans sa lettre. Je prendrais mon temps pour répondre à la difficile question qu'il m'avait posée.

J'ai penché la tête en arrière pour observer toutes les étoiles et les planètes. J'ai essayé de m'imaginer que j'étais dans un vaisseau spatial. J'ai aperçu plusieurs étoiles filantes. Je suis resté longtemps ainsi.

Au bout d'un long moment, j'ai entendu une porte s'ouvrir. Maman est arrivée sur la terrasse. Le jour commençait à poindre.

– Tu es là ? a-t-elle demandé.

Elle le voyait bien.

– Je n'arrivais pas à dormir.

– Moi non plus.

Je l'ai regardée :

– Enfile quelques vêtements chauds et viens donc t'asseoir avec moi, maman.

Elle est bientôt revenue. Elle avait enfilé un manteau noir qu'elle avait eu aussi loin que je me souvienne. Complètement certain que c'était celui qu'elle avait porté dans la cathédrale, je ne pouvais toutefois pas l'être. Mais lorsqu'elle s'est assise sur le banc, j'ai dit :

– Il ne te manque plus que ta grande barrette en argent dans les cheveux.

Elle a mis sa main devant sa bouche.

– Il t'en a parlé ?

J'ai répondu en désignant une grande planète qui commençait de monter dans l'orient du ciel. C'était une planète, j'en étais complètement certain, car elle ne scintillait pas comme les autres étoiles, et j'étais sûr à quatre-vingt-dix-neuf pour cent que c'était Vénus.

– Tu vois cette planète, là-haut ? C'est Vénus, on l'appelle aussi l'Étoile du matin. Chaque fois que mon père voyait cette planète, il pensait à toi.

Quand le cerveau se remplit de pensées puissantes, on peut dire quelques mots ou rester silencieux. Maman est restée silencieuse.

Au bout d'un instant, j'ai poursuivi :

– Une fois j'ai passé toute une nuit ici avec mon père, avant qu'il aille à l'hôpital. Tu en sauras plus

en lisant la lettre. Mais maintenant c'est nous qui sommes ici.

– Georg, je me réjouis et je redoute à la fois de lire cette lettre. Je veux que tu sois à la maison quand je la lirai. Peux-tu me le promettre ?

Je lui ai tendu la main en guise de promesse. Je pensais que cela pourrait être important pour maman que je sois à proximité lorsqu'elle lirait la lettre de mon père. Il ne serait pas juste qu'il incombe à Jørgen de réconforter la Belle aux oranges lorsqu'elle aurait lu la longue lettre de Jan Olav. Mais qu'il lise lui aussi la lettre de mon père, qu'il la lise. Il n'en réchapperait pas plus facilement.

– C'est pendant que nous étions dehors cette nuit-là que mon père m'a raconté qu'il allait nous quitter.

Elle s'est vivement tournée vers moi :

– Tu sais, Georg… je ne suis pas sûre d'arriver à en parler davantage. Je crois que c'est quelque chose qu'il faut que tu respectes. Tu ne comprends pas que tu remues aussi le couteau dans d'anciennes plaies ? Tu ne le comprends pas ?

Elle était presque en colère. Elle était en colère.

– Mais si, je comprends.

Nous sommes longtemps restés sans trop parler. Peut-être une heure entière. J'étais impressionné. Maman s'était toujours plainte d'être frileuse.

Chaque fois que je voyais quelque chose de nouveau dans le ciel, je le montrais du doigt, mais bientôt les étoiles se sont mises à pâlir de plus en plus, le jour se faisait.

Avant de retourner chacun dans notre chambre, je lui ai encore montré le ciel :

– Là-haut, il y a un grand œil qui plane. Il pèse plus de onze tonnes, il est aussi gros qu'une locomotive et il se déplace à l'aide de deux grandes ailes.

J'ai remarqué que maman sursautait, qu'entendais-je donc par là ?

Je n'avais pas eu l'intention de l'effrayer et je n'avais pas prévu de lui raconter une histoire de fantômes non plus. Pour la rassurer je me suis donc hâté d'ajouter :

– Le télescope Hubble. C'est l'Œil de l'Univers.

Elle a souri, un sourire de maman typique, avant de tendre son bras pour me caresser les cheveux. Mais j'ai réussi à l'esquiver. Elle croyait que j'étais encore un enfant. Peut-être croyait-elle que je pensais à mon exposé.

– Un jour il faudra que nous arrivions à découvrir ce que c'est, tout ça, ai-je conclu.

Ce jour-là, j'ai eu le droit de rester à la maison. Grand-mère estimait qu'il suffisait de dire la vérité au prof. Je n'avais qu'à dire que j'avais reçu une lettre de mon père, qui était mort onze ans auparavant. Elle a ajouté que, dans ce genre de situations, il était bon de souffler un peu.

« Ce genre de situations », ai-je alors pensé. Je ne pensais pas qu'il était si habituel de recevoir une lettre de parents décédés.

Grand-mère et grand-père ont dû repartir pour Tønsberg sans avoir lu la lettre de mon père. Je leur ai promis qu'ils la liraient dans une semaine au plus. Grand-mère était un peu fâchée de devoir attendre aussi longtemps. Après tout c'était elle qui avait trouvé la lettre, c'était elle qui avait décidé de venir à Oslo. Mais grand-père lui a rappelé les paroles de Jørgen.

Jørgen avait dû partir travailler tôt ce jour-là, je l'avais à peine vu, mais maman et moi sommes restés à la maison. En fin de matinée, comme je n'avais fermé l'œil de la nuit, je me suis endormi sur le canapé jaune. À mon réveil, un petit déménagement commençait au grenier.

J'ai demandé à maman de sortir tout ce qui lui restait de ses vieilles peintures de Séville. Par bonheur elle n'en avait jeté aucune, même si elle a de nouveau souligné qu'avec le temps elle avait évolué et perdu l'intérêt qu'elle leur portait. Elle l'a dit au moment même où elle déplaçait le vieux portrait de mon père, celui qui était peint de mémoire. Nul n'a commenté cette toile, mais j'ai sursauté en la voyant. Je n'avais jamais vu de regard d'un bleu aussi éclatant en peinture. Je me suis fait la réflexion qu'il devait y avoir beaucoup de cobalt dans ce bleu, et que ces yeux avaient vu une chose que nul autre n'avait vue.

–Mais tu n'as pas évolué et perdu l'intérêt que tu portais à papa.

Ce n'était pas une question. Plutôt un commandement.

J'ai obtenu qu'elle accroche le vieux tableau des orangers qui autrefois s'était trouvé dans l'antichambre. Nous avons décroché un autre tableau et mis l'ancien précisément là où il s'était trouvé quand il tapait sur son ordinateur.

C'était à l'époque où il devait regarder où il marchait pour ne pas trébucher sur les rails d'un train Brio. C'était en un autre temps.

Je trouvais que les orangers avaient ainsi trouvé un emplacement parfait, en plus ils n'étaient pas si mal à regarder. Je considérais que, ce petit retour aux origines, Jørgen devait l'accepter. J'en ai fait part à maman.

Nous avons trouvé le train Brio dans un grand carton au grenier et le vieil ordinateur aussi. Je l'ai descendu dans l'antichambre, ai branché les câbles de l'écran et du processeur et j'ai essayé d'accéder au programme de traitement de texte. C'était une vielle bécane en DOS et le logiciel de traitement de texte s'appelait WordPerfect. Le père d'un garçon de ma classe se servait encore d'une de ces pièces de musée et j'avais plusieurs fois participé à son démarrage.

Mais le programme exigeait donc un code de huit lettres maximum pour l'accès aux documents rédigés par mon père. C'était ce code qu'ils n'avaient pas réussi à deviner, onze ans auparavant.

Maman est restée derrière moi pendant que je m'occupais de l'ordinateur. Elle m'a expliqué qu'ils avaient essayé de nombreux mots différents, et beaucoup de chiffres aussi, par exemple des dates de naissance, des immatriculations de voiture et des numéros d'identité.

Je les soupçonnais de n'avoir pas fait preuve de beaucoup d'imagination. J'ai tapé les sept lettres suivantes : O-R-A-N-G-E-S. La machine a fait « pling » et je suis arrivé directement à un tableau dressant la liste desdits « directories » du disque dur.

Il serait bien au-dessous de la vérité de dire que maman était impressionnée. Elle a porté la main à son front, au bord de l'évanouissement.

Les <dir> d'un vieil ordinateur correspondent à ce qu'on appelle des « dossiers » sur les ordinateurs modernes. Là encore les noms ne devaient pas dépasser huit lettres. L'un d'eux s'appelait « veronika ». J'ai utilisé les flèches et appuyé sur ENTER. Il n'y avait pas de souris sur les anciens PC. Un seul document est apparu : « georg.let. ». J'ai de nouveau enfoncé la touche ENTER. Et pouf : j'avais sous les yeux exactement le même texte que celui que j'avais lu la veille dans ma chambre : Es-tu bien assis, Georg ? Il est un peu important que tu aies au moins une assise stable parce que je vais maintenant de raconter une histoire haletante… *J'ai tapé HOME, HOME et la flèche verticale pour faire défiler tout le texte. Cela a pris une éternité, certainement dix secondes. Et oui, oui, la toute dernière phrase du document était :* Mais rêver de quelque chose d'invraisemblable porte un nom. Nous appelons cela l'espoir.

Le plus génial dans le fait que j'avais trouvé la lettre de mon père sur le vieil ordinateur était la chose suivante : lorsque j'avais décidé d'écrire ce livre avec lui, je me figurais déjà un vrai travail de mise en page avec ciseaux et bâton de colle. À présent ce projet se simplifiait considérablement, puisqu'il me suffisait désormais d'ouvrir son document et d'écrire avant, dans et après son texte. Ainsi j'avais vraiment le sentiment d'écrire un livre avec mon père.

Après pas mal de bricolage, je suis parvenu à mettre en route la vieille imprimante aussi. C'est ce que l'on appelle une imprimante à aiguille, et elle est si incroyable que je crains qu'un agent secret du musée des Techniques ne vienne la voler. Elle gronde comme le tonnerre et met quatre minutes pour imprimer une page. C'est parce qu'une petite aiguille doit frapper chaque lettre, qui atteint un rouleau d'encre et est ainsi imprimée sur le papier. Lorsque mon père est mort, il y a onze ans, cet équipement était moderne !

Je tape sur cet ordinateur en ce moment. C'est-à-dire maintenant. La dernière chose que j'ai tapée était : « Je tape sur cet ordinateur en ce moment. C'est-à-dire maintenant. »

Maman a une chanson qui s'appelle Unforgettable. *C'est un enregistrement tout à fait unique, car cette chanson Natalie Cole la chante en duo avec son père, le célèbre Nat « King » Cole. Cela ne semble peut-être pas très impressionnant, mais tout l'intérêt réside dans le fait que Natalie Cole chante en duo avec son père presque trente ans après qu'il est mort. Il suffisait de chanter par-dessus la vieille piste de l'enregistrement effectué par Nat « King » Cole quarante ans auparavant. On peut presque dire qu'elle déplace la voix de son père dans un nouveau tableau.*

D'un point de vue technique, ce n'était donc pas un exploit de chanter en duo avec un homme mort depuis presque trente ans. Il était sans doute plus question d'un effort mental. Mais il est beau, ce duo. Il est unforgettable.

Inutile de délayer cette histoire. Il ne reste que deux choses. La première est la réponse que je dois donner à la question difficile que m'a posée mon père. Et puis il y a autre chose aussi. Je vais aborder ce second point d'abord, parce que j'ai décidé que le livre devait se terminer par ma réponse à cette question grave.

Après que nous nous étions un peu occupés de vieux tableaux et d'un ordinateur antique, maman est allée dans la cuisine faire des petits pains saupoudrés de noix de coco. Elle savait que c'était ce que je préférais et c'est donc évidemment pour cela qu'elle en faisait en ce jour particulier. Mais Miriam en est complètement dingue elle aussi.

L'odeur de petits pains tout chauds pénétrant dans l'antichambre, je me suis rendu dans la cuisine. Je pensais pouvoir peut-être quémander un petit pain tout frais. Et puis je voulais poser une question à maman. Il restait en effet un fil décousu dans le récit de la Belle aux oranges – que maman n'avait pas encore lu.

Elle avait à peine commencé d'étaler le sucre glace fondu sur deux des petits pains. Sur le plan de travail, elle avait posé un sachet de poudre de noix de coco qu'elle allait saupoudrer sur le glaçage encore liquide.

– Et qui était l'homme à la Toyota blanche ?

Je l'avais demandé juste pour rire. Presque pour la taquiner. Je savais en outre déjà que c'était un ex-petit ami. C'était en tout cas ce qu'elle avait dit à mon père.

Elle a semblé étrangement perdue. D'abord elle s'est tournée vers moi, le bec gelé, comme on dit. Puis elle s'est assise à la table de la cuisine.

– Il a parlé de ça aussi ! a-t-elle soupiré.

– Je crois qu'il était un peu jaloux.

Comme elle se taisait, je lui ai de nouveau demandé :

– Ne peux-tu pas juste me dire qui était dans cette Toyota blanche ?

Elle semblait rigide et songeuse. Elle semblait être en train de décider de traverser un mur en acier.

D'une voix très basse, elle a répondu :

– C'était Jørgen.

Je me sentais pris de vertige.

– Jørgen ?

Elle a acquiescé. Mon vertige augmentait. J'ai pris le sachet de noix de coco et entrepris d'en saupoudrer un peu par terre. Puis je l'ai carrément renversé et complètement vidé.

– Il neige, ai-je commenté.

Maman est restée assise à la table de la cuisine. De toute façon, il était trop tard pour m'arrêter. Elle a simplement dit :

– Pourquoi as-tu fait ça ?

– Parce que t'es complètement givrée ?! ai-je crié fort. Tu avais deux amoureux à la fois !

Elle l'a nié le plus fermement du monde.

– Ça ne s'est pas passé comme ça. À partir du moment où j'ai rencontré Jan Olav, il n'y avait plus que lui.

Je continuai de trouver que tout cela sentait le brûlé, et je ne pensais pas aux petits pains.

– Et dès que Jan Olav est mort, il n'y avait plus que Jørgen ?

– Non. Ce n'était pas comme ça non plus. Je n'ai pas revu Jørgen avant plusieurs années plus tard. Pendant ces années-là, il n'y avait que toi et moi. Tu le sais bien, pourtant. Mais lorsque j'ai revu Jørgen, je l'ai de nouveau aimé. Nous avons mis longtemps pour décider de vivre ensemble, longtemps.

J'avais presque pitié du grand oisillon à présent. Il avait toujours le bec dans l'eau. Pourtant j'ai ajouté : « On peut peut-être poser la question de savoir lequel de ces deux messieurs la Belle aux oranges a le plus aimé ?

– Non, a-t-elle répondu sans hésitation. On ne peut pas poser cette question. »

Elle n'était pas en colère, mais elle était décidée. Puis elle s'est mise à pleurer.

J'ai alors choisi de laisser cette question sans réponse, parce que mon père m'avait appris quelque chose : je n'avais aucun droit de me mêler de quelque chose qui ne m'appartenait pas.

Mais j'avais le droit de me faire ma propre idée.

Je n'aimais pas ce que je venais d'entendre. Car ainsi c'était malgré tout l'homme à la Toyota blanche qui avait fini par l'emporter. Ce n'était pas sa faute. Ce n'était la faute de personne. Mais j'étais heureux que mon père n'en sache rien.

En fin de compte, ce qui s'était produit était peut-être sa propre faute. Il n'avait pas réussi à respecter les règles. Il n'avait pas réussi à attendre la Belle aux oranges pendant six mois. Ainsi les heures n'avaient pas été nombreuses avant qu'il voie un oiseau mort dans le caniveau, une colombe en plus.

Je penserai toujours à mon père comme à une colombe. Mais je ne suis pas si sûr de croire au destin. Je ne crois pas que mon père y croyait non plus. Parce que alors il ne se serait pas intéressé à ce point au télescope Hubble.

Plus tard dans l'après-midi, nous avons mangé des petits pains avec du glaçage au chocolat avec Jørgen et Miriam. Il y avait aussi deux petits pains glacés au sucre glace. Nous les avons donnés à Jørgen et Miriam. Je trouvais que nous les leur devions.

Quelques jours après la fête des petits pains, je suis toujours penché sur le vieil ordinateur. Je dois décider ce que je vais répondre à la question difficile que mon père m'a posée. J'ai ce que l'on appelle une deadline, *et c'est demain. Nul n'a encore eu le droit de lire la lettre de mon père. Mais demain grand-mère et grand-père sont invités à notre dîner dominical. Le délai sera expiré.*

Ces derniers jours je n'ai pensé à presque rien d'autre qu'au difficile choix que je dois faire. J'ai lu la longue lettre quatre fois et chaque fois je reste à me dire : mon pauvre, pauvre père. J'ai vraiment pitié de lui parce qu'il n'est plus là. Mais ce qu'il a écrit ne vaut pas que pour lui. Ça vaut pour tous les êtres humains du monde entier, ceux qui s'y sont trouvés avant nous, ceux qui s'y trouvent maintenant et tous ceux qui viendront après nous.

« Nous ne sommes dans le monde que cette unique fois », avait écrit mon père. À plusieurs reprises il écrit que nous ne sommes ici que l'espace d'un bref instant. Je ne suis pas tout à fait sûr de le ressentir exactement de la même manière que lui. Pour ma part je suis ici depuis quinze ans et, en l'occurrence, je ne trouve pas que ces années n'aient duré que l'espace d'un « court instant ».

Mais je crois comprendre ce qu'il voulait dire. La vie est courte pour tous ceux qui parviennent vraiment à comprendre que le monde prendra un jour complètement fin. Les êtres humains n'en sont pas tous capables. Tous n'ont pas la capacité de saisir ce que cela signifie en réalité d'être parti pour l'éternité entière. Il y a bien trop de choses qui empêchent cette reconnaissance, heure après heure, minute après minute.

«Imagine que tu sois quelque part au seuil de cette aventure, à un moment donné il y a plusieurs milliards d'années, lorsque tout fut créé, écrivait mon père. Tu pourrais ensuite décider si tu souhaites un jour naître à une vie sur cette planète. Tu ne saurais pas quand tu vivrais et tu ne saurais pas

non plus combien de temps tu pourrais rester, mais il ne serait quoi qu'il en soit pas question de plus de quelques années. Tu saurais seulement que si tu choisissais de venir un jour au monde, quand le temps serait venu, comme on dit, ou dans la "plénitude du temps", tu devrais aussi un jour le quitter et tout abandonner. »

Je n'arrive toujours pas à me décider. Mais je commence à être d'accord avec mon père. Peut-être aurais-je décliné l'offre. Le petit moment que j'aurais passé dans le monde aurait été trop microscopique vu à l'échelle de toute une éternité avant et après.

Si j'avais su que quelque chose était phénoménalement bon, j'aurais peut-être refusé de le goûter, sachant que le morceau que j'aurais le droit de manger ne pèserait pas plus d'un milligramme.

De mon père, j'ai hérité d'un profond chagrin, celui de devoir un jour quitter ce monde. J'ai appris à penser à « des soirs comme celui-ci, que je n'aurai plus le droit de vivre ». Mais j'ai aussi hérité d'un œil pour voir combien la vie est fantastique. L'été prochain je vais me livrer à une vraie étude des bourdons (j'ai un chronomètre. Il doit être possible de mesurer la vitesse à laquelle ils volent. Et puis il faudra aussi les peser). Je n'aurais rien contre un safari dans la savane africaine non plus. J'ai en outre appris à regarder le ciel et à m'émerveiller de tout ce qui est à des milliards d'années-lumière dans l'espace. Ça, je l'ai appris avant d'avoir quatre ans.

Mais je ne parviens pas à commencer en un point aussi lointain. Il faut que j'essaie depuis un autre angle. Peut-être dois-je faire ce choix à ma propre manière.

Si l'histoire de la Belle aux oranges avait été un film que j'avais regardé depuis le fond de la salle, en sachant pertinemment que je ne serais pas né à la vie sur cette planète si Jan Olav et la Belle aux oranges ne s'étaient pas trouvés, alors je les aurais très certainement acclamés en guise d'encouragement et j'aurais espéré qu'ils ne passent pas à côté l'un de l'autre. J'aurais eu la gorge nouée d'angoisse. J'aurais eu peur que l'un d'eux ne soit si fanatiquement athée qu'il ou elle se refuse à assister à l'office de Noël. J'aurais peut-être beaucoup pleuré en voyant la Belle aux oranges arriver sur la plaza de la Alianza avec un Danois ! Et lorsque, enfin, Veronika et Jan Olav seraient devenus des amoureux, j'aurais été mort de peur face à la moindre velléité de dispute. Pour ce qui me concerne, une vraie dispute aurait vite pu prendre des dimensions cosmiques.

Le monde ! Je n'y serais jamais venu. Je n'aurais pas été le témoin de ce grand mystère.

L'espace ! Je n'aurais jamais levé les yeux vers un ciel étincelant d'étoiles.

Le soleil ! Je n'aurais jamais mis les pieds sur les doux rochers près de Tønsberg. Je n'aurais jamais ressenti de vrai plat en plongeant.

Maintenant je comprends. D'un seul coup je comprends la portée de tout cela. C'est seulement maintenant que je comprends corps et âme ce que cela signifie d'exister. J'ai un creux désagréable dans le ventre. J'ai la nausée. Mais je suis aussi en colère.

Cela me rend furieux de songer qu'un jour je disparaîtrai et que je serai complètement parti, pas une ou deux semaines, pas quatre ou cinq siècles, mais toute l'éternité.

Je me sens victime de farces et attrapes ; d'abord quelqu'un vient et dit : « Je t'en prie, tu as ici un monde entier dans lequel folâtrer. Voici ton hochet, ton train Brio, voici l'école dans laquelle tu iras l'automne prochain. » Et un instant plus tard des ricanements se font entendre : « Ha, ha ! Nous t'avons bien eu ! » Et le monde entier m'est enlevé.

Je me sens trahi en tout. Je n'ai nulle part où me raccrocher. Rien ne peut me sauver.

Je ne perds pas seulement le monde, et je ne perds pas seulement tout et tous ceux que j'aimais. Je me perds moi-même.

Pouf, je ne suis plus là !

Je suis en colère. Ma colère est telle que je risque à tout moment de vomir. Car j'ai vu le diable dans les yeux. Mais je ne laisse pas le diable avoir le dernier mot. Je me détourne du Mal avant qu'il ait pu avoir prise sur moi. Je choisis la vie. Je choisis le petit bout du Bien que l'on me destine et peut-être qu'il existe aussi quelque chose que l'on peut appeler l'Être bon. Qui sait si un Dieu ne se voûte pas au-dessus de tout cela ?

Je sais qu'un Mal existe, car j'ai entendu le troisième mouvement de la Sonate au clair de lune *de Beethoven. Mais je sais qu'il existe aussi un Bien. Je sais qu'une belle fleur pousse entre les deux abîmes et que de cette fleur décollera bientôt un bourdon qui aime la vie.*

Ah ! Ça y est, je l'ai dit. Par bonheur, cette comptabilité comprend aussi un joyeux allegretto. *Un amusant spectacle de marionnettes se joue entre les deux tragédies et cette représentation, je ne veux pas la manquer. Je suis prêt à tout miser sur le deuxième mouvement ! Il est quelque chose qui s'appelle l'appétit de vivre et, les deux abîmes, je n'ai pas à les vivre. Ils n'existent pas, ils ne sont pas, pas pour moi. La seule chose qui existe, c'est cet* allegretto *hardi.*

Je trouve que je pense là des pensées très futées, je dois l'admettre. C'est Franz Liszt qui avait qualifié le deuxième mouvement de la Sonate au clair de lune *de « fleur entre deux abîmes » et, en cet instant précis, je suis frappé par l'idée que je viens de me sortir de ce dilemme avec virtuosité.*

Puis j'essaie à nouveau de remonter plusieurs milliards d'années dans le temps. C'est maintenant que je vais décider si je choisis de vivre une vie sur Terre dans cent millions d'années ou si je choisis de renoncer parce que je n'accepte pas les règles. Mais à présent je sais en tout cas qui seront ma mère et mon père. Maintenant je sais comment cette histoire a commencé. J'en sais un peu sur qui j'aimerai.

Maintenant vient ma réponse. Maintenant je fais mon choix solennel. J'écris :

Cher papa ! Merci de ta lettre. Elle m'a fait l'effet d'un choc et m'a à la fois réjoui et perturbé. Mais maintenant j'ai finalement effectué ce choix difficile. Je suis cent pour cent sûr que j'aurais choisi de vivre une vie sur Terre même si ce n'est que pour un « court instant ». Donc maintenant tu peux enfin te détendre et oublier ce genre de soucis. Tu peux « reposer en paix », comme on dit. Merci d'avoir pris en chasse cette Belle aux oranges !

Maman est dans la cuisine et prépare le dîner. Elle dit que c'est quelque chose de français. Jørgen reviendra bientôt de ce qu'il appelle son « jogging du samedi » et Miriam dort. Aujourd'hui, nous sommes le 17 novembre et il ne reste que cinq semaines avant Noël.

Tu m'as posé quelques questions intéressantes au sujet de Hubble, et la vérité est que je viens d'écrire un énorme exposé sur ce télescope !!!

Maintenant je vais te raconter un grand secret : je crois que je sais ce que je vais avoir pour Noël ! C'est Jørgen qui y a fait quelques allusions, il m'a en tout cas montré quelques belles photos dans le journal, et en deux mots : j'ai comme un pressentiment que je vais avoir un télescope ! Si tel était le cas, ce serait complètement incroyable, mais Jørgen aussi a lu cet exposé, deux fois d'ailleurs, même s'il n'est pas mon vrai père. Il m'a dit qu'il était fier de moi. Je crois qu'il fait autant cas de moi que de Miriam, en tout cas presque autant, et honnêtement je n'estime pas pouvoir en demander plus. J'apprécie presque autant ce type que s'il avait été mon vrai papa.

Si j'ai un télescope pour Noël, je vais l'emporter à Fjellstølen, car ici, en plaine, il y a bien trop de ce que les astronomes appellent la « pollution optique ». J'ai décidé comment j'allais le nommer. Il va s'appeler le télescope JAN OLAV *! Ce sera sûrement un peu bizarre pour Jørgen, mais s'il veut que nous restions bons amis, c'est quelque chose qu'il doit accepter.*

Quand la Lune ne brille pas, il y a tant d'étoiles au-dessus de Fjellstølen que l'on peut s'interroger sur la nécessité d'un télescope orbital. Oui, oui, papa, je ne suis en fait pas aussi bête que tu le crois. Je sais que les étoiles ne brillent pas ! Mais parfois il peut être amusant de rester quelques secondes au fond d'une piscine à regarder vers la surface. On voit tout de même quelque chose et il est évidemment possible de deviner ce qui bouge au-dessus. Il devrait en tout cas être possible de se faire une bonne idée des cratères de la Lune, des lunes de Jupiter et des anneaux de Saturne. Et puis on verra bien si j'ai l'occasion de monter à bord d'un véritable vaisseau spatial un jour !

Bien à toi,

Georg, qui garde le fort de Humleveien et sait qu'il a quelqu'un de vraiment cool de qui tenir.

PS : Après avoir lu ta longue lettre, je vais bientôt oser parler à la Belle au violon. Peut-être dès lundi. Maintenant j'ai en tout cas de sacrés sujets à aborder avec elle. Alors elle me montrera peut-être son violon.

J'appelle maman. Elle arrive. Tout en tapant cette phrase, je lui tends la lettre de mon père. Je lui donne la vieille impression.

– Maintenant tu peux lire la lettre de mon père, dis-je.

Le livre que j'ai écrit avec lui, elle pourra peut-être le lire un autre jour. Ce sera alors après Noël. Et seulement si je reçois vraiment ce télescope JAN OLAV*, puisque je l'ai déjà inclus dans ce récit.*

Je redoute un peu que quelqu'un n'apprenne l'existence de la Belle au violon en lisant ces lignes. Mais juste un peu. Je frémis aussi un peu en pensant à maman et Jørgen lisant le passage sur la fois où ils s'embrassaient dans leur chambre. Mais juste un peu.

Maman a pris la lettre de mon père et s'est installée dans le canapé jaune du salon. Elle m'a dit qu'elle voulait y jeter un œil avant que Jørgen revienne de son jogging du samedi. Je lui ai promis de me tenir à proximité et je l'entrevois tout juste par la porte ouverte. Parfois je l'entends aussi, je l'entends renifler. Je le prends comme le signe qu'elle n'a pas entièrement oublié Jan Olav.

Mais je continue d'écrire. J'ai en effet un PS, comme on dit, pour toi qui viens de lire ce livre. C'est juste un petit conseil :

Demande à ta mère ou à ton père comment ils se sont rencontrés. Peut-être qu'ils ont une histoire intéressante à raconter. Demande-leur d'ailleurs à tous les deux, il n'est pas certain qu'ils te racontent exactement la même version.

Ne sois pas étonné s'ils se montrent soudain timides, je crois que c'est tout à fait normal. Les contes dont nous parlons ici ne sont pas toujours tout à fait identiques, mais je commence à comprendre que tous les contes de ce genre comportent des règles plus ou moins délicates dont il peut être difficile de parler. Peut-être devrais-tu te garder d'approcher trop près de ces règles. Il n'est pas toujours facile de les mettre en mots et il est quelque chose qui s'appelle le « tact ».

Plus les histoires de ce genre sont détaillées, plus j'imagine qu'elles sont haletantes, car si quelque chose s'était passé un peu différemment, tu ne serais pas né !

Je parie qu'il y a plusieurs milliers de détails qui auraient pu changer l'ensemble au point que tu n'aurais pas eu la moindre chance.

Ou, pour emprunter quelques paroles de sagesse à mon père : la vie est une gigantesque loterie dont seuls les bulletins gagnants sont visibles.

Toi qui lis ce livre, tu es l'un de ces bulletins gagnants. Lucky you !

CPI
BUSSIÈRE

Cet ouvrage a été imprimé en France par
CPI Bussière
à Saint-Amand-Montrond (Cher)
en janvier 2011.
N° d'édition : 101255-2. - N° d'impression : 101662.
Dépôt légal : février 2010.

Collection Points

P1650. Photographies de personnalités politiques
Raymond Depardon
P1651. Poèmes païens de Alberto Caeiro et Ricardo Reis
Fernando Pessoa
P1652. La Rose de personne, *Paul Celan*
P1653. Caisse claire, poèmes 1990-1997, *Antoine Emaz*
P1654. La Bibliothèque du géographe, *Jon Fasman*
P1655. Parloir, *Christian Giudicelli*
P1656. Poils de Cairote, *Paul Fournel*
P1657. Palimpseste, *Gore Vidal*
P1658. L'Épouse hollandaise, *Eric McCormack*
P1659. Ménage à quatre, *Manuel Vázquez Montalbán*
P1660. Milenio, *Manuel Vázquez Montalbán*
P1661. Le Meilleur de nos fils, *Donna Leon*
P1662. Adios Hemingway, *Leonardo Padura*
P1663. L'avenir c'est du passé, *Lucas Fournier*
P1664. Le Dehors et le Dedans, *Nicolas Bouvier*
P1665. Partition rouge.
Poèmes et chants des indiens d'Amérique du Nord
Jacques Roubaud, Florence Delay
P1666. Un désir fou de danser, *Elie Wiesel*
P1667. Lenz, *Georg Büchner*
P1668. Resmiranda. Les Descendants de Merlin II
Irene Radford
P1669. Le Glaive de Mithra. Le Cycle de Mithra II
Rachel Tanner
P1670. Phénix vert. Trilogie du Latium I, *Thomas B. Swann*
P1671. Essences et parfums, *Anny Duperey*
P1672. Naissances, *Collectif*
P1673. L'Évangile une parole invincible, *Guy Gilbert*
P1674. L'époux divin, *Francisco Goldman*
P1675. La Comtesse de Pimbêche et autres étymologies curieuses
Pierre Larousse
P1676. Les Mots qui me font rire
et autres cocasseries de la langue française
Jean-Loup Chiflet
P1677. Les carottes sont jetées.
Quand les expressions perdent la boule
Olivier Marchon
P1678. Le Retour du professeur de danse, *Henning Mankell*
P1679. Romanzo Criminale, *Giancarlo de Cataldo*
P1680. Ciel de sang, *Steve Hamilton*
P1681. Ultime Témoin, *Jilliane Hoffman*

P1682. Los Angeles, *Peter Moore Smith*
P1683. Encore une journée pourrie
ou 365 bonnes raisons de rester couché, *Pierre Enckell*
P1684. Chroniques de la haine ordinaire 2, *Pierre Desproges*
P1685. Desproges, portrait, *Marie-Ange Guillaume*
P1686. Les Amuse-Bush, *Collectif*
P1687. Mon valet et moi, *Hervé Guibert*
P1688. T'es pas mort !, *Antonio Skármeta*
P1689. En la forêt de Longue Attente.
Le roman de Charles d'Orléans, *Hella S. Haasse*
P1690. La Défense Lincoln, *Michael Connelly*
P1691. Flic à Bangkok, *Patrick Delachaux*
P1692. L'Empreinte du renard, *Moussa Konaté*
P1693. Les fleurs meurent aussi, *Lawrence Block*
P1694. L'Ultime Sacrilège, *Jérôme Bellay*
P1695. Engrenages, *Christopher Wakling*
P1696. La Sœur de Mozart, *Rita Charbonnier*
P1697. La Science du baiser, *Patrick Besson*
P1698. La Domination du monde, *Denis Robert*
P1699. Minnie, une affaire classée, *Hans Werner Kettenbach*
P1700. Dans l'ombre du Condor, *Jean-Paul Delfino*
P1701. Le Nœud sans fin. Le Chant d'Albion III
Stephen Lawhead
P1702. Le Feu primordial, *Martha Wells*
P1703. Le Très Corruptible Mandarin, *Qiu Xiaolong*
P1704. Dexter revient !, *Jeff Lindsay*
P1705. Vous plaisantez, monsieur Tanner, *Jean-Paul Dubois*
P1706. À Garonne, *Philippe Delerm*
P1707. Pieux mensonges, *Maile Meloy*
P1708. Chercher le vent, *Guillaume Vigneault*
P1709. Les Pierres du temps et autres poèmes, *Tahar Ben Jelloun*
P1710. René Char, *Éric Marty*
P1711. Les Dépossédés, *Robert McLiam Wilson et Donovan Wylie*
P1712. Bob Dylan à la croisée des chemins. Like a Rolling Stone
Greil Marcus
P1713. Comme une chanson dans la nuit
suivi de Je marche au bras du temps, *Alain Rémond*
P1714. Où les borgnes sont rois, *Jess Walter*
P1715. Un homme dans la poche, *Aurélie Filippetti*
P1716. Prenez soin du chien, *J.M. Erre*
P1717. La Photo, *Marie Desplechin*
P1718. À ta place, *Karine Reysset*
P1719. Je pense à toi tous les jours, *Hélèna Villovitch*
P1720. Si petites devant ta face, *Anne Brochet*
P1721. Ils s'en allaient faire des enfants ailleurs
Marie-Ange Guillaume

P1722. Le Jugement de Léa, *Laurence Tardieu*
P1723. Tibet or not Tibet, *Péma Dordjé*
P1724. La Malédiction des ancêtres, *Kirk Mitchell*
P1725. Le Tableau de l'apothicaire, *Adrian Mathews*
P1726. Out, *Natsuo Kirino*
P1727. La Faille de Kaïber. Le Cycle des Ombres I
Mathieu Gaborit
P1728. Griffin. Les Descendants de Merlin III, *Irene Radford*
P1729. Le Peuple de la mer. Le Cycle du Latium II
Thomas B. Swann
P1730. Sexe, mensonges et Hollywood, *Peter Biskind*
P1731. Qu'avez-vous fait de la révolution sexuelle ?
Marcela Iacub
P1732. Persée, prince de la lumière. Le Châtiment des dieux III
François Rachline
P1733. Bleu de Sèvres, *Jean-Paul Desprat*
P1734. Julius et Isaac, *Patrick Besson*
P1735. Une petite légende dorée, *Adrien Goetz*
P1736. Le Silence de Loreleï, *Carolyn Parkhurst*
P1737. Déposition, *Leon Werth*
P1738. La Vie comme à Lausanne, *Erik Orsenna*
P1739. L'Amour, toujours !, *Abbé Pierre*
P1740. Henri ou Henry, *Didier Decoin*
P1741. Mangez-moi, *Agnès Desarthe*
P1742. Mémoires de porc-épic, *Alain Mabanckou*
P1743. Charles, *Jean-Michel Béquié*
P1744. Air conditionné, *Marc Vilrouge*
P1745. L'Homme qui apprenait lentement, *Thomas Pynchon*
P1746. Extrêmement fort et incroyablement près
Jonathan Safran Foer
P1747. La Vie rêvée de Sukhanov, *Olga Grushin*
P1748. Le Retour du Hooligan, *Norman Manea*
P1749. L'Apartheid scolaire, *G. Fellouzis & Cie*
P1750. La Montagne de l'âme, *Gao Xingjian*
P1751. Les Grands Mots du professeur Rollin
Panacée, ribouldingue et autres mots à sauver
Le Professeur Rollin
P1752. Dans les bras de Morphée
Histoire des expressions nées de la mythologie
Isabelle Korda
P1753. Parlez-vous la langue de bois ?
Petit traité de manipulation à l'usage des innocents
Martine Chosson
P1754. Je te retrouverai, *John Irving*
P1755. L'Amant en culottes courtes, *Alain Fleischer*
P1756. Billy the Kid, *Michael Ondaatje*

P1757. Le Fou de Printzberg, *Stéphane Héaume*
P1758. La Paresseuse, *Patrick Besson*
P1759. Bleu blanc vert, *Maïssa Bey*
P1760. L'été du sureau, *Marie Chaix*
P1761. Chroniques du crime, *Michael Connelly*
P1762. Le croque-mort enfonce le clou, *Tim Cockey*
P1763. La Ligne de flottaison, *Jean Hatzfeld*
P1764. Le Mas des alouettes, Il était une fois en Arménie
Antonia Arslan
P1765. L'Œuvre des mers, *Eugène Nicole*
P1766. Les Cendres de la colère. Le Cycle des Ombres II
Mathieu Gaborit
P1767. La Dame des abeilles. Le Cycle du latium III
Thomas B. Swann
P1768. L'ennemi intime, *Patrick Rotman*
P1769. Nos enfants nous haïront
Denis Jeambar & Jacqueline Remy
P1770. Ma guerre contre la guerre au terrorisme, *Terry Jones*
P1771. Quand Al-Qaïda parle, *Farhad Khosrokhavar*
P1772. Les Armes secrètes de la C.I.A., *Gordon Thomas*
P1773. Asphodèle, *suivi de* Tableaux d'après Bruegel
William Carlos Williams
P1774. Poésie espagnole 1945-1990 (anthologie)
Claude de Frayssinet
P1775. Mensonges sur le divan, *Irvin D. Yalom*
P1776. Le Sortilège de la dague. Le Cycle de Deverry I
Katharine Kerr
P1777. La Tour de guet *suivi des* Danseurs d'Arun.
Les Chroniques de Tornor I, *Elisabeth Lynn*
P1778. La Fille du Nord, Les Chroniques de Tornor II
Elisabeth Lynn
P1779. L'Amour humain, *Andreï Makine*
P1780. Viol, une histoire d'amour, *Joyce Carol Oates*
P1781. La Vengeance de David, *Hans Werner Kettenbach*
P1782. Le Club des conspirateurs, *Jonathan Kellerman*
P1783. Sanglants trophées, *C.J. Box*
P1784. Une ordure, *Irvine Welsh*
P1785. Owen Noone et Marauder, *Douglas Cowie*
P1786. L'Autre Vie de Brian, *Graham Parker*
P1787. Triksta, *Nick Cohn*
P1788. Une histoire politique du journalisme
Géraldine Muhlmann
P1789. Les Faiseurs de pluie.
L'histoire et l'impact futur du changement climatique
Tim Flannery
P1790. La Plus Belle Histoire de l'amour, *Dominique Simonnet*

P1791. Poèmes et proses, *Gerard Manley Hopkins*
P1792. Lieu-dit l'éternité, poèmes choisis, *Emily Dickinson*
P1793. La Couleur bleue, *Jörg Kastner*
P1794. Le Secret de l'imam bleu, *Bernard Besson*
P1795. Tant que les arbres s'enracineront dans la terre et autres poèmes, *Alain Mabanckou*
P1796. Cité de Dieu, *E.L. Doctorow*
P1797. Le Script, *Rick Moody*
P1798. Raga, approche du continent invisible, *J.M.G. Le Clézio*
P1799. Katerina, *Aharon Appelfeld*
P1800. Une opérette à Ravensbrück, *Germaine Tillion*
P1801. Une presse sans Gutenberg. Pourquoi Internet a révolutionné le journalisme *Bruno Patino et Jean-François Fogel*
P1802. Arabesques. L'aventure de la langue en Occident *Henriette Walter et Bassam Baraké*
P1803. L'Art de la ponctuation. Le point, la virgule et autres signes fort utiles *Olivier Houdart et Sylvie Prioul*
P1804. À mots découverts. Chroniques au fil de l'actualité *Alain Rey*
P1805. L'Amante du pharaon, *Naguib Mahfouz*
P1806. Contes de la rose pourpre, *Michel Faber*
P1807. La Lucidité, *José Saramago*
P1808. Fleurs de Chine, *Wei-Wei*
P1809. L'Homme ralenti, *J.M. Coetzee*
P1810. Rêveurs et nageurs, *Denis Grozdanovitch*
P1811. -30°, *Donald Harstad*
P1812. Le Second Empire. Les Monarchies divines IV *Paul Kearney*
P1813. Été machine, *John Crowley*
P1814. Ils sont votre épouvante, et vous êtes leur crainte *Thierry Jonquet*
P1815. Paperboy, *Pete Dexter*
P1816. Bad city blues, *Tim Willocks*
P1817. Le Vautour, *Gil Scott Heron*
P1818. La Peur des bêtes, *Enrique Serna*
P1819. Accessible à certaine mélancolie, *Patrick Besson*
P1820. Le Diable de Milan, *Martin Suter*
P1821. Funny Money, *James Swain*
P1822. J'ai tué Kennedy ou les mémoires d'un garde du corps *Manuel Vázquez Montalbán*
P1823. Assassinat à Prado del Rey et autres histoires sordides *Manuel Vázquez Montalbán*
P1824. Laissez entrer les idiots. Témoignage d'un autiste *Kamran Nazeer*

P1825. Patients si vous saviez, *Christian Lehmann*
P1826. La Société cancérigène
Geneviève Barbier et Armand Farrachi
P1827. La Mort dans le sang, *Joshua Spanogle*
P1828. Une âme de trop, *Brigitte Aubert*
P1829. Non, ce pays n'est pas pour le vieil homme
Cormac McCarthy
P1830. La Psy, *Jonathan Kellerman*
P1831. La Voix, *Arnaldur Indridason*
P1832. Les Nouvelles Enquêtes du juge Ti, vol. 4
Petits meurtres entre moines, *Frédéric Lenormand*
P1833. Les Nouvelles Enquêtes du juge Ti, vol. 5
Madame Ti mène l'enquête, *Frédéric Lenormand*
P1834. La Mémoire courte, *Louis-Ferdinand Despreez*
P1835. Les Morts du Karst, *Veit Heinichen*
P1836. Un doux parfum de mort, *Guillermo Arriaga*
P1837. Bienvenue en enfer, *Clarence L. Cooper*
P1838. Le Roi des fourmis, *Charles Higson*
P1839. La Dernière Arme, *Philip Le Roy*
P1840. Désaxé, *Marcus Sakey*
P1841. Opération vautour, *Stephen W. Frey*
P1842. Éloge du gaucher, *Jean-Paul Dubois*
P1843. Le Livre d'un homme seul, *Gao Xingjian*
P1844. La Glace, *Vladimir Sorokine*
P1845. Je voudrais tant revenir, *Yves Simon*
P1846. Au cœur de ce pays, *J.M. Coetzee*
P1847. La Main blessée, *Patrick Grainville*
P1848. Promenades anglaises, *Christine Jordis*
P1849. Scandale et folies.
Neuf récits du monde où nous sommes, *Gérard Mordillat*
P1850. Un mouton dans la baignoire, *Azouz Begag*
P1851. Rescapée, *Fiona Kidman*
P1852. Le Sortilège de l'ombre. Le Cycle de Deverry II
Katharine Kerr
P1853. Comment aiment les femmes. Du désir et des hommes
Maryse Vaillant
P1854. Courrier du corps. Nouvelles voies de l'anti-gymnastique
Thérèse Bertherat
P1855. Restez zen. La méthode du chat, *Henri Brunel*
P1856. Le Jardin de ciment, *Ian McEwan*
P1857. L'Obsédé (L'Amateur), *John Fowles*
P1858. Moustiques, *William Faulkner*
P1859. Givre et sang, *John Cowper Powys*
P1860. Le Bon Vieux et la Belle Enfant, *Italo Svevo*
P1861. Le Mystère Tex Avery, *Robert Benayoun*
P1862. La Vie aux aguets, *William Boyd*

P1863. L'amour est une chose étrange, *Joseph Connolly*
P1864. Mossad, les nouveaux défis, *Gordon Thomas*
P1865. 1968, Une année autour du monde, *Raymond Depardon*
P1866. Les Maoïstes, *Christophe Bourseiller*
P1867. Floraison sauvage, *Aharon Appelfeld*
P1868. Et il y eut un matin, *Sayed Kashua*
P1869. 1 000 mots d'esprit, *Claude Gagnière*
P1870. Le Petit Grozda. Les merveilles oubliées du Littré *Denis Grozdanovitch*
P1871. Romancero gitan, *Federico García Lorca*
P1872. La Vitesse foudroyante du passé, *Raymond Carver*
P1873. Ferrements et autres poèmes, *Aimé Césaire*
P1874. La Force qui nous manque, *Eva Joly*
P1875. Enfants des morts, *Elfriede Jelinek*
P1876. À poèmes ouverts, *Anthologie Printemps des poètes*
P1877. Le Peintre de batailles, *Arturo Pérez-Reverte*
P1878. La Fille du Cannibale, *Rosa Montero*
P1879. Blue Angel, *Francine Prose*
P1880. L'Armée du salut, *Abdellah Taïa*
P1881. Grille de parole, *Paul Celan*
P1882. Nouveaux poèmes *suivi de* Requiem, *Rainer Maria Rilke*
P1883. Dissimulation de preuves, *Donna Leon*
P1884. Une erreur judiciaire, *Anne Holt*
P1885. Honteuse, *Karin Alvtegen*
P1886. La Mort du privé, *Michael Koryta*
P1887. Tea-Bag, *Henning Mankell*
P1888. Le Royaume des ombres, *Alan Furst*
P1889. Fenêtres de Manhattan, *Antonio Muñoz Molina*
P1890. Tu chercheras mon visage, *John Updike*
P1891. Fonds de tiroir, *Pierre Desproges*
P1892. Desproges est vivant, *Pierre Desproges*
P1893. Les Vaisseaux de l'ouest. Les Monarchies divines V *Paul Kearney*
P1894. Le Quadrille des assassins. La Trilogie Morgenstern I *Hervé Jubert*
P1895. Un tango du diable. La Trilogie Morgenstern II *Hervé Jubert*
P1896. La Ligue des héros. Le Cycle de Kraven I *Xavier Mauméjean*
P1897. Train perdu, wagon mort, *Jean-Bernard Pouy*
P1898. Cantique des gisants, *Laurent Martin*
P1899. La Nuit de l'abîme, *Juris Jurjevics*
P1900. Tango, *Elsa Osorio*
P1901. Julien, *Gore Vidal*
P1902. La Belle Vie, *Jay McInerney*
P1903. La Baïne, *Eric Holder*

P1904. Livre des chroniques III, *António Lobo Antunes*
P1905. Ce que je sais (Mémoires 1), *Charles Pasqua*
P1906. La Moitié de l'âme, *Carme Riera*
P1907. Drama city, *George P. Pelecanos*
P1908. Le Marin de Dublin, *Hugo Hamilton*
P1909. La Mère des chagrins, *Richard McCann*
P1910. Des louves, *Fabienne Jacob*
P1911. La Maîtresse en maillot de bain. Quatre récits d'enfance
Yasmina Khadra, Paul Fournel,
Dominique Sylvain et Marc Villard
P1912. Un si gentil petit garçon, *Jean-Loup Chiflet*
P1913. Saveurs assassines. Les Enquêtes de Miss Lalli
Kalpana Swaminathan
P1914. La Quatrième Plaie, *Patrick Bard*
P1915. Mon sang retombera sur vous, *Aldo Moro*
P1916. On ne naît pas Noir, on le devient
Jean-Louis Sagot-Duvauroux
P1917. La Religieuse de Madrigal, *Michel del Castillo*
P1918. Les Princes de Francalanza, *Federico de Roberto*
P1919. Le Conte du ventriloque, *Pauline Melville*
P1920. Nouvelles chroniques au fil de l'actualité.
Encore des mots à découvrir, *Alain Rey*
P1921. Le mot qui fait mouche. Dictionnaire amusant
et instructif des phrases les plus célèbres de l'histoire
Gilles Henry
P1922. Les Pierres sauvages, *Fernand Pouillon*
P1923. Ce monde est mon partage et celui du démon
Dylan Thomas
P1924. Bright Lights, Big City, *Jay McInerney*
P1925. À la merci d'un courant violent, *Henry Roth*
P1926. Un rocher sur l'Hudson, *Henry Roth*
P1927. L'amour fait mal, *William Boyd*
P1928. Anthologie de poésie érotique, *Jean-Paul Goujon (dir.)*
P1929. Hommes entre eux, *Jean-Paul Dubois*
P1930. Ouest, *François Vallejo*
P1931. La Vie secrète de E. Robert Pendleton, *Michael Collins*
P1932. Dara, *Patrick Besson*
P1933. Le Livre pour enfants, *Christophe Honoré*
P1934. La Méthode Schopenhauer, *Irvin D. Yalom*
P1935. Echo Park, *Michael Connelly*
P1936. Les Rescapés du Styx, *Jane Urquhart*
P1937. L'Immense Obscurité de la mort, *Massimo Carlotto*
P1938. Hackman blues, *Ken Bruen*
P1939. De soie et de sang, *Qiu Xiaolong*
P1940. Les Thermes, *Manuel Vázquez Montalbán*
P1941. Femme qui tombe du ciel, *Kirk Mitchell*

P1942. Passé parfait, *Leonardo Padura*
P1943. Contes barbares, *Craig Russell*
P1944. La Mort à nu, *Simon Beckett*
P1945. La Nuit de l'infamie, *Michael Cox*
P1946. Les Dames de nage, *Bernard Giraudeau*
P1947. Les Aventures de Minette Accentiévitch
Vladan Matijeviç
P1948. Jours de juin, *Julia Glass*
P1949. Les Petits Hommes verts, *Christopher Buckley*
P1950. Dictionnaire des destins brisés du rock
Bruno de Stabenrath
P1951. L'Ère des dragons. Le Cycle de Kraven II
Xavier Mauméjean
P1952. Sabbat Samba. La Trilogie Morgenstern III
Hervé Jubert
P1953. Pour le meilleur et pour l'empire, *James Hawes*
P1954. Doctor Mukti, *Will Self*
P1955. Comme un père, *Laurence Tardieu*
P1956. Sa petite chérie, *Colombe Schneck*
P1957. Tigres et tigresses. Histoire intime des couples présidentiels sous la Ve République, *Christine Clerc*
P1958. Le Nouvel Hollywood, *Peter Biskind*
P1959. Le Tueur en pantoufles, *Frédéric Dard*
P1960. On demande un cadavre, *Frédéric Dard*
P1961. La Grande Friture, *Frédéric Dard*
P1962. Carnets de naufrage, *Guillaume Vigneault*
P1963. Jack l'éventreur démasqué, *Sophie Herfort*
P1964. Chicago banlieue sud, *Sara Paretsky*
P1965. L'Illusion du péché, *Alexandra Marinina*
P1966. Viscéral, *Rachid Djaïdani*
P1967. La Petite Arabe, *Alicia Erian*
P1968. Pampa, *Pierre Kalfon*
P1969. Les Cathares. Brève histoire d'un mythe vivant
Henri Gougaud
P1970. Le Garçon et la Mer, *Kirsty Gunn*
P1971. L'Heure verte, *Frederic Tuten*
P1972. Le Chant des sables, *Brigitte Aubert*
P1973. La Statue du commandeur, *Patrick Besson*
P1974. Mais qui est cette personne allongée dans le lit à côté de moi ?, *Alec Steiner*
P1975. À l'abri de rien, *Olivier Adam*
P1976. Le Cimetière des poupées, *Mazarine Pingeot*
P1977. Le Dernier Frère, *Nathacha Appanah*
P1978. La Robe, *Robert Alexis*
P1979. Le Goût de la mère, *Edward St Aubyn*
P1980. Arlington Park, *Rachel Cusk*

P1981. Un acte d'amour, *James Meek*
P1982. Karoo boy, *Troy Blacklaws*
P1983. Toutes ces vies qu'on abandonne, *Virginie Ollagnier*
P1984. Un peu d'espoir. La trilogie Patrick Melrose
Edward St Aubyn
P1985. Ces femmes qui nous gouvernent, *Christine Ockrent*
P1986. Shakespeare, la biographie, *Peter Ackroyd*
P1987. La Double Vie de Virginia Woolf
Geneviève Brisac, Agnès Desarthe
P1988. Double homicide, *Faye et Jonathan Kellerman*
P1989. La Couleur du deuil, *Ravi Shankar Etteth*
P1990. Le Mur du silence, *Hakan Nesser*
P1991. Mason & Dixon, *Thomas Pynchon*
P1992. Allumer le chat, *Barbara Constantine*
P1993. La Stratégie des antilopes, *Jean Hatzfeld*
P1994. Mauricio ou les Élections sentimentales
Eduardo Mendoza
P1995. La Zone d'inconfort. Une histoire personnelle
Jonathan Franzen
P1996. Un goût de rouille et d'os, *Craig Davidson*
P1997. La Porte des larmes. Retour vers l'Abyssinie
Jean-Claude Guillebaud, Raymond Depardon
P1998. Le Baiser d'Isabelle.
L'aventure de la première greffe du visage
Noëlle Châtelet
P1999. Poésies libres, *Guillaume Apollinaire*
P2000. Ma grand-mère avait les mêmes.
Les dessous affriolants des petites phrases
Philippe Delerm
P2001. Le Français dans tous les sens, *Henriette Walter*
P2002. Bonobo, gazelle & Cie, *Henriette Walter, Pierre Avenas*
P2003. Noir corbeau, *Joel Rose*
P2004. Coupable, *Davis Hosp*
P2005. Une canne à pêche pour mon grand-père, *Gao Xingjian*
P2006. Le Clocher de Kaliazine, Études et miniatures
Alexandre Soljenitsyne
P2007. Rêveurs, *Knut Hamsun*
P2008. Pelures d'oignon, *Günter Grass*
P2009. De l'aube au crépuscule, *Rabindranath Tagore*
P2010. Les Sept Solitudes de Lorsa Lopez, *Sony Labou Tansi*
P2011. La Première Femme, *Nedim Gürsel*
P2012. Le Tour du monde en 14 jours, 7 escales, 1 visa
Raymond Depardon
P2013. L'Aïeul, *Aris Fakinos*
P2014. Les Exagérés, *Jean-François Vilar*
P2015. Le Pic du Diable, *Deon Meyer*

P2016. Le Temps de la sorcière, *Arni Thorarinsson*
P2017. Écrivain en 10 leçons, *Philippe Ségur*
P2018. L'Assassinat de Jesse James par le lâche Robert Ford
Ron Hansen
P2019. Tu crois que c'est à moi de rappeler ?
Transports parisiens 2, *Alec Steiner*
P2020. À la recherche de Klingsor, *Jorge Volpi*
P2021. Une saison ardente, *Richard Ford*
P2022. Un sport et un passe-temps, *James Salter*
P2023. Eux, *Joyce Carol Oates*
P2024. Mère disparue, *Joyce Carol Oates*
P2025. La Mélopée de l'ail paradisiaque, *Mo Yan*
P2026. Un bonheur parfait, *James Salter*
P2027. Le Blues du tueur à gages, *Lawrence Block*
P2028. Le Chant de la mission, *John le Carré*
P2029. L'Ombre de l'oiseau-lyre, *Andres Ibañez*
P2030. Les Arnaqueurs aussi, *Laurent Chalumeau*
P2031. Hello Goodbye, *Moshé Gaash*
P2032. Le Sable et l'Écume et autres poèmes, *Khalil Gibran*
P2033. La Rose et autres poèmes, *William Butler Yeats*
P2034. La Méridienne, *Denis Guedj*
P2035. Une vie avec Karol, *Stanislao Dziwisz*
P2036. Les Expressions de nos grands-mères, *Marianne Tillier*
P2037. *Sky my husband !* The integrale / Ciel mon mari !
L'intégrale, *Dictionary of running english / Dictionnaire de l'anglais courant, Jean-Loup Chiflet*
P2038. Dynamite road, *Andrew Klavan*
P2039. Classe à part, *Joanne Harris*
P2040. La Dame de cœur, *Carmen Posadas*
P2041. Ultimatum (En retard pour la guerre), *Valérie Zénatti*
P2042. 5 octobre, 23 h 33, *Donald Harstad*
P2043. La Griffe du chien, *Don Wislow*
P2044. Les Nouvelles Enquêtes du juge Ti, vol. 6
Mort d'un cuisinier chinois, *Frédéric Lenormand*
P2045. Divisadero, *Michael Ondaatje*
P2046. L'Arbre du dieu pendu, *Alejandro Jodorowsky*
P2047. Découpé en tranches, *Zep*
P2048. La Pension Eva, *Andrea Camilleri*
P2049. Le Cousin de Fragonard, *Patrick Roegiers*
P2050. Pimp, *Iceberg Slim*
P2051. Graine de violence, *Evan Hunter (alias Ed McBain)*
P2052. Les Rêves de mon père. Un héritage en noir et blanc
Barack Obama
P2053. Le Centaure, *John Updike*
P2054. Jusque-là tout allait bien en Amérique.
Chroniques de la vie américaine 2, *Jean-Paul Dubois*

P2055. Les juins ont tous la même peau. Rapport sur Boris Vian
Chloé Delaume
P2056. De sang et d'ébène, *Donna Leon*
P2057. Passage du Désir, *Dominique Sylvain*
P2058. L'Absence de l'ogre, *Dominique Sylvain*
P2059. Le Labyrinthe grec, *Manuel Vázquez Montalbán*
P2060. Vents de carême, *Leonardo Padura*
P2061. Cela n'arrive jamais, *Anne Holt*
P2062. Un sur deux, *Steve Mosby*
P2063. Monstrueux, *Natsuo Kirino*
P2064. Reflets de sang, *Brigitte Aubert*
P2065. Commis d'office, *Hannelore Cayre*
P2066. American Gangster, *Max Allan Collins*
P2067. Le Cadavre dans la voiture rouge
Ólafur Haukur Símonarson
P2068. Profondeurs, *Henning Mankell*
P2069. Néfertiti dans un champ de canne à sucre, *Philippe Jaenada*
P2070. Les Brutes, *Philippe Jaenada*
P2071. Milagrosa, *Mercedes Deambrosis*
P2072. Lettre à Jimmy, *Alain Mabanckou*
P2073. Volupté singulière, *A.L. Kennedy*
P2074. Poèmes d'amour de l'Andalousie à la mer Rouge.
Poésie amoureuse hébraïque, *Anthologie*
P2075. Quand j'écris je t'aime
suivi de Le Prolifique et Le Dévoreur
W.H. Auden
P2076. Comment éviter l'amour et le mariage
Dan Greenburg, Suzanne O'Malley
P2077. Le Fouet, *Martine Rofinella*
P2078. Cons, *Juan Manuel Prada*
P2079. Légendes de Catherine M., *Jacques Henric*
P2080. Le Beau Sexe des hommes, *Florence Ehnuel*
P2081. G., *John Berger*
P2082. Sombre comme la tombe où repose mon ami
Malcolm Lowry
P2083. Le Pressentiment, *Emmanuel Bove*
P2084. L'Art du roman, *Virginia Woolf*
P2085. Le Clos Lothar, *Stéphane Héaume*
P2086. Mémoires de nègre, *Abdelkader Djemaï*
P2087. Le Passé, *Alan Pauls*
P2088. Bonsoir les choses d'ici-bas, *António Lobo Antunes*
P2089. Les Intermittences de la mort, *José Saramago*
P2090. Même le mal se fait bien, *Michel Folco*
P2091. Samba Triste, *Jean-Paul Delfino*
P2092. La Baie d'Alger, *Louis Gardel*
P2093. Retour au noir, *Patrick Raynal*

P2094. L'Escadron Guillotine, *Guillermo Arriaga*
P2095. Le Temps des cendres, *Jorge Volpi*
P2096. Frida Khalo par Frida Khalo. Lettres 1922-1954
Frida Khalo
P2097. Anthologie de la poésie mexicaine, *Claude Beausoleil*
P2098. Les Yeux du dragon, petits poèmes chinois, *Anthologie*
P2099. Seul dans la splendeur, *John Keats*
P2100. Beaux Présents, Belles Absentes, *Georges Perec*
P2101. Les Plus Belles Lettres du professeur Rollin.
Ou comment écrire au roi d'Espagne
pour lui demander la recette du gaspacho
François Rollin
P2102. Répertoire des délicatesses du français contemporain
Renaud Camus
P2103. Un lien étroit, *Christine Jordis*
P2104. Les Pays lointains, *Julien Green*
P2105. L'Amérique m'inquiète.
Chroniques de la vie américaine 1
Jean-Paul Dubois
P2106. Moi je viens d'où ? *suivi de* C'est quoi l'intelligence ?
et de E = CM2, *Albert Jacquard, Marie-José Auderset*
P2107. Moi et les autres, initiation à la génétique, *Albert Jacquard*
P2108. Quand est-ce qu'on arrive ?, *Howard Buten*
P2109. Tendre est la mer, *Philip Plisson, Yann Queffélec*
P2110. Tabarly, *Yann Queffélec*
P2111. Les Hommes à terre, *Bernard Giraudeau*
P2112. Le Phare appelle à lui la tempête et autres poèmes
Malcolm Lowry
P2113. L'Invention des Désirades et autres poèmes
Daniel Maximin
P2114. Antartida, *Francisco Coloane*
P2115. Brefs Aperçus sur l'éternel féminin, *Denis Grozdanovitch*
P2116. Le Vol de la mésange, *François Maspero*
P2117. Tordu, *Jonathan Kellerman*
P2118. Flic à Hollywood, *Joseph Wambaugh*
P2119. Ténébreuses, *Karin Alvtegen*
P2120. La Chanson du jardinier. Les Enquêtes de Miss Lalli
Kalpana Swaminathan
P2121. Portrait de l'écrivain en animal domestique
Lydie Salvayre
P2122. In memoriam, *Linda Lê*
P2123. Les Rois écarlates, *Tim Willocks*
P2124. Arrivederci amore, *Massimo Carlotto*
P2125. Les Carnets de monsieur Manatane
Benoît Poelvoorde, Pascal Lebrun
P2126. Guillon aggrave son cas, *Stéphane Guillon*

P2127. Le Manuel du parfait petit masochiste
Dan Greenburg, Marcia Jacobs
P2128. Shakespeare et moi, *Woody Allen*
P2129. Pour en finir une bonne fois pour toutes avec la culture
Woody Allen
P2130. Porno, *Irvine Welsh*
P2131. Jubilee, *Margaret Walker*
P2132. Michael Tolliver est vivant, *Armistead Maupin*
P2133. Le Saule, *Hubert Selby Jr*
P2134. Les Européens, *Henry James*
P2135. Comédie new-yorkaise, *David Schickler*
P2136. Professeur d'abstinence, *Tom Perrotta*
P2137. Haut vol : histoire d'amour, *Peter Carey*
P2139. La Danseuse de Mao, *Qiu Xiaolong*
P2140. L'Homme délaissé, *C.J. Box*
P2141. Les Jardins de la mort, *George P. Pelecanos*
P2142. Avril rouge, *Santiago Roncagliolo*
P2143. Ma mère, *Richard Ford*
P2144. Comme une mère, *Karine Reysset*
P2145. Titus d'Enfer. La Trilogie de Gormenghast, 1
Mervyn Peake
P2146. Gormenghast. La Trilogie de Gormenghast, 2
Mervyn Peake
P2147. Au monde.
Ce qu'accoucher veut dire : une sage-femme raconte…
Chantal Birman
P2148. Du plaisir à la dépendance.
Nouvelles thérapies, nouvelles addictions
Michel Lejoyeux
P2149. Carnets d'une longue marche.
Nouvelle marche d'Istanbul à Xi'an
Bernard Ollivier, François Dermaut
P2150. Treize Lunes, *Charles Frazier*
P2151. L'Amour du français.
Contre les puristes et autres censeurs de la langue
Alain Rey
P2152. Le Bout du rouleau, *Richard Ford*
P2153. Belle-sœur, *Patrick Besson*
P2154. Après, Fred Chichin est mort, *Pascale Clark*
P2155. La Leçon du maître et autres nouvelles, *Henry James*
P2156. La Route, *Cormac McCarthy*
P2157. À genoux, *Michael Connelly*
P2158. Baka !, *Dominique Sylvain*
P2159. Toujours L.A., *Bruce Wagner*
P2160. C'est la vie, *Ron Hansen*
P2161. Groom, *François Vallejo*

P2162. Les Démons de Dexter, *Jeff Lindsay*
P2163. Journal 1942-1944, *Hélène Berr*
P2164. Journal 1942-1944 (édition scolaire), *Hélène Berr*
P2165. Pura vida. Vie et Mort de William Walker, *Patrick Deville*
P2166. Terroriste, *John Updike*
P2167. Le Chien de Dieu, *Patrick Bard*
P2168. La Trace, *Richard Collasse*
P2169. L'Homme du lac, *Arnaldur Indridason*
P2170. Et que justice soit faite, *Michael Koryta*
P2171. Le Dernier des Weynfeldt, *Martin Suter*
P2172. Le Noir qui marche à pied, *Louis-Ferdinand Despreez*
P2173. Abysses, *Frank Schätzing*
P2174. L'Audace d'espérer. Un nouveau rêve américain
Barack Obama
P2175. Une Mercedes blanche avec des ailerons, *James Hawes*
P2176. La Fin des mystères, *Scarlett Thomas*
P2177. La Mémoire neuve, *Jérôme Lambert*
P2178. Méli-vélo. Abécédaire amoureux du vélo, *Paul Fournel*
P2179. Le Prince des braqueurs, *Chuck Hogan*
P2180. Corsaires du Levant, *Arturo Pérez-Reverte*
P2181. Mort sur liste d'attente, *Veit Heinichen*
P2182. Héros et Tombes, *Ernesto Sabato*
P2183. Teresa l'après-midi, *Juan Marsé*
P2184. Titus errant. La Trilogie de Gormenghast, 3
Mervyn Peake
P2185. Julie & Julia. Sexe, blog et bœuf bourguignon
Julie Powell
P2186. Le Violon d'Hitler, *Igal Shamir*
P2187. La mère qui voulait être femme, *Maryse Wolinski*
P2188. Le Maître d'amour, *Maryse Wolinski*
P2189. Les Oiseaux de Bangkok, *Manuel Vázquez Montalbán*
P2190. Intérieur Sud, *Bertrand Visage*
P2191. L'homme qui voulait voir Mahona, *Henri Gougaud*
P2192. Écorces de sang, *Tana French*
P2193. Café Lovely, *Rattawut Lapcharoensap*
P2194. Vous ne me connaissez pas, *Joyce Carol Oates*
P2195. La Fortune de l'homme et autres nouvelles, *Anne Brochet*
P2196. L'Été le plus chaud, *Zsuzsa Bánk*
P2197. Ce que je sais… Un magnifique désastre 1988-1995.
Mémoires 2, *Charles Pasqua*
P2198. Ambre, vol. 1, *Kathleen Winsor*
P2199. Ambre, vol. 2, *Kathleen Winsor*
P2200. Mauvaises Nouvelles des étoiles, *Serge Gainsbourg*
P2201. Jour de souffrance, *Catherine Millet*
P2202. Le Marché des amants, *Christine Angot*
P2203. L'État des lieux, *Richard Ford*

P2204. Le Roi de Kahel, *Tierno Monénembo*
P2205. Fugitives, *Alice Munro*
P2206. La Beauté du monde, *Michel Le Bris*
P2207. La Traversée du Mozambique par temps calme
Patrice Pluyette
P2208. Ailleurs, *Julia Leigh*
P2209. Un diamant brut, *Yvette Szczupak-Thomas*
P2210. Trans, *Pavel Hak*
P2211. Peut-être une histoire d'amour, *Martin Page*
P2212. Peuls, *Tierno Monénembo*
P2214. Le Cas Sonderberg, *Élie Wiesel*
P2215. Fureur assassine, *Jonathan Kellerman*
P2216. Misterioso, *Arne Dahl*
P2217. Shotgun Alley, *Andrew Klavan*
P2218. Déjanté, *Hugo Hamilton*
P2219. La Récup, *Jean-Bernard Pouy*
P2221. Les Accommodements raisonnables, *Jean-Paul Dubois*
P2222. Les Confessions de Max Tivoli, *Andrew Sean Greer*
P2223. Le pays qui vient de loin, *André Bucher*
P2224. Le Supplice du santal, *Mo Yan*
P2225. La Véranda, *Robert Alexis*
P2226. Je ne sais rien… mais je dirai (presque) tout, *Yves Bertrand*
P2227. Un homme très recherché, *John le Carré*
P2228. Le Correspondant étranger, *Alan Furst*
P2229. Brandebourg, *Henry Porter*
P2230. J'ai vécu 1 000 ans, *Mariolina Venezia*
P2231. La Conquistadora, *Eduardo Manet*
P2232. La Sagesse des fous, *Einar Karason*
P2233. Un chasseur de lions, *Olivier Rolin*
P2234. Poésie des troubadours. Anthologie, *Henri Gougaud (dir.)*
P2235. Chacun vient avec son silence. Anthologie
Jean Cayrol
P2236. Badenheim 1939, *Aharon Appelfeld*
P2237. Le Goût sucré des pommes sauvages, *Wallace Stegner*
P2238. Un mot pour un autre, *Rémi Bertrand*
P2239. Le Bêtisier de la langue française, *Claude Gagnière*
P2240. Esclavage et Colonies, *G. J. Danton et L. P. Dufay,*
L. Sédar Senghor, C. Taubira
P2241. Race et Nation, *M. L. King, E. Renan*
P2242. Face à la crise, *B. Obama, F. D. Roosevelt*
P2243. Face à la guerre, *W. Churchill, général de Gaulle*
P2244. La Non-Violence, *Mahatma Gandhi, Dalaï Lama*
P2245. La Peine de mort, *R. Badinter, M. Barrès*
P2246. Avortement et Contraception, *S. Veil, L. Neuwirth*
P2247. Les Casseurs et l'Insécurité
F. Mitterrand et M. Rocard, N. Sarkozy

P2248. La Mère de ma mère, *Vanessa Schneider*
P2249. De la vie dans son art, de l'art dans sa vie
Anny Duperey et Nina Vidrovitch
P2250. Desproges en petits morceaux. Les meilleures citations
Pierre Desproges
P2251. Dexter I, II, III, *Jeff Lindsay*
P2252. God's pocket, *Pete Dexter*
P2253. En effeuillant Baudelaire, *Ken Bruen*
P2254. Meurtres en bleu marine, *C.J. Box*
P2255. Le Dresseur d'insectes, *Arni Thorarinsson*
P2256. La Saison des massacres, *Giancarlo de Cataldo*
P2257. Évitez le divan
Petit guide à l'usage de ceux qui tiennent à leurs symptômes
Philippe Grimbert
P2258. La Chambre de Mariana, *Aharon Appelfeld*
P2259. La Montagne en sucre, *Wallace Stegner*
P2260. Un jour de colère, *Arturo Pérez-Reverte*
P2261. Le Roi transparent, *Rosa Montero*
P2262. Le Syndrome d'Ulysse, *Santiago Gamboa*
P2263. Catholique anonyme, *Thierry Bizot*
P2264. Le Jour et l'Heure, *Guy Bedos*
P2265. Le Parlement des fées
I. L'Orée des bois, *John Crowley*
P2266. Le Parlement des fées
II. L'Art de la mémoire, *John Crowley*
P2267. Best-of Sarko, *Plantu*
P2268. Cent Mots et Expressions à foutre à la poubelle
Jean-Loup Chiflet
P2269. Le Baleinié, *Christine Murillo, Jean-Claude Leguay, Grégoire Œstermann*
P2270. Couverture dangereuse, *Philippe Le Roy*
P2271. Quatre Jours avant Noël, *Donald Harstad*
P2272. Petite Bombe noire, *Christopher Brookmyre*
P2273. Journal d'une année noire, *J.M. Coetzee*
P2274. Faites vous-même votre malheur, *Paul Watzlawick*
P2275. Paysans, *Raymond Depardon*
P2276. Homicide special, *Miles Corwin*
P2277. Mort d'un Chinois à La Havane, *Leonardo Padura*
P2278. Le Radeau de pierre, *José Saramago*
P2279. Contre-jour, *Thomas Pynchon*
P2280. Trick Baby, *Iceberg Slim*
P2281. Perdre est une question de méthode, *Santiago Gamboa*
P2282. Le Rocher de Montmartre, *Joanne Harris*
P2283. L'Enfant du Jeudi noir, *Alejandro Jodorowsky*
P2284. Lui, *Patrick Besson*
P2285. Tarabas, *Joseph Roth*

P2286. Le Cycliste de San Cristobal, *Antonio Skármeta*
P2287. Récit des temps perdus, *Aris Fakinos*
P2288. L'Art délicat du deuil
Les nouvelles enquêtes du juge Ti (vol. 7)
Frédéric Lenormand
P2289. Ceux qu'on aime, *Steve Mosby*
P2290. Lemmer, l'invisible, *Deon Meyer*
P2291. Requiem pour une cité de verre, *Donna Leon*
P2292. La Fille du Samouraï, *Dominique Sylvain*
P2293. Le Bal des débris, *Thierry Jonquet*
P2294. Beltenebros, *Antonio Muñoz Molina*
P2295. Le Bison de la nuit, *Guillermo Arriaga*
P2296. Le Livre noir des serial killers, *Stéphane Bourgoin*
P2297. Une tombe accueillante, *Michael Koryta*
P2298. Roldán, ni mort ni vif, *Manuel Vásquez Montalbán*
P2299. Le Petit Frère, *Manuel Vásquez Montalbán*
P2300. Poussière d'os, *Simon Beckett*
P2301. Le Cerveau de Kennedy, *Henning Mankell*
P2302. Jusque-là tout allait bien, *Stéphane Guillon*
P2303. Une parfaite journée parfaite, *Martin Page*
P2304. Corps volatils, *Jakuta Alikavazovic*
P2305. De l'art de prendre la balle au bond
Précis de mécanique gestuelle et spirituelle
Denis Grozdanovitch
P2306. Regarde la vague, *François Emmanuel*
P2307. Des vents contraires, *Olivier Adam*
P2308. Le Septième Voile, *Juan Manuel de Prada*
P2309. Mots d'amour secrets.
100 lettres à décoder pour amants polissons
Jacques Perry-Salkow, Frédéric Schmitter
P2310. Carnets d'un vieil amoureux, *Marcel Mathiot*
P2311. L'Enfer de Matignon, *Raphaëlle Bacqué*
P2312. Un État dans l'État. Le contre-pouvoir maçonnique
Sophie Coignard
P2313. Les Femelles, *Joyce Carol Oates*
P2314. Ce que je suis en réalité demeure inconnu,
Virginia Woolf
P2316. Le Voyage des grands hommes, *François Vallejo*
P2329. L'Invité, *Hwang Sok-Yong*
P2330. Petit Abécédaire de culture générale
40 mots-clés passés au microscope, *Albert Jacquard*
P2331. La Grande Histoire des codes secrets, *Laurent Joffrin*
P2332. La Fin de la folie, *Jorge Volpi*